Воительница

Николай Лесков

Воительница

Copyright © 2022 Indo-European Publishing

ISNB: 978-1-64439-592-9

СОДЕРЖАНИЕ

— А ведь это, батюшка, никому не запрещено, верить-то; верь, сделай одолжение, если тебя охота берет. Я вон генеральше Шемельфеник верила; двадцать семь аршин кружевов ей поверила, да пришла анамедни, говорю: "Старый должок, ваше превосходительство, позвольте получить", а она говорит: "Я тебе отдала". — "Никак нет, — говорю, — никогда я от вас этих денег не получала", а она еще как крикнет: "Как ты, — говорит, — смеешь, мерзавка, мне так" отвечать? Вон ее!" — говорит. Лакей меня сейчас ту ж минуту под ручки, да и на солнышко, да еще штучку кружевцов там позабыла (спасибо, дешевенькие). Вот ты им и верь.

— Ну, что ж, — говорю, — ведь это одна ж такая!

— Одна! нет, батюшка, не одна, а легион им имя-то сказывается. Это ведь в первые времена-то, как крестьяне у дворян были, ну точно, что в тогдашнее время воровство будто до низкого сословия все больше принадлежало; а как нонче, когда крестьян не стало, господа и сами тоже этим ничуть не гнушаются. Всем ведь известно, какое лицо на бале бриллиантовое колье сфендрил... Да, милый, да, нынче никто не спускает. Вон тоже Караупова Авдотья Петровна, поглядеть на нее, чем не барыня? а воротничок на даче у меня в глазах украла.

— Как, — говорю, — украла? Что вы это! Матушка Домна Платоновна, вспомните, что вы говорите-то? Как это даме красть?

— А так себе просто; как крадут, так и украла. Еще ты то скажи, что я это ту ж самую минуту заметила и вежливо, политично ей говорю: "Извините, — говорю, — сударыня, не обронила ли я здесь воротничка, потому что воротничка, — говорю, — одного нет". Так она сейчас на эти слова хвать меня по наружности и отпечатала. "Вывесть ее!" — говорит лакею; очень просто — и вывели. Говорю лакею: "Милостивый государь! сам ты, — говорю, — служащий человек, сам, — сказываю, — посуди, голубчик, ведь свое, ведь жалко мне!" А он мне в ответ: "Что, — говорит, — жалко, когда у нее привычка такая!" Вот тебе только всего и сказу. Она теперь в своем звании всякие привычки себе позволяет, а ты, бедный человек, молчи.

— И что же вы изо всего этого, Домна Платоновна, выводите?

— А что, батюшка, мне выводить! Не мое дело никого выводить, когда меня самое выводят; а что народ плут и весь плутом взялся, против этого ты со мной, пожалуйста, лучше не спорь, потому я уж, слава тебе господи, я нонче только взгляну на человека, так вижу, что он в себе замыкает.

3

И попробовали бы вы после этого Домне Платоновне возражать! Нет, уж какой вы там ни будьте диалектик, а уж Домна Платоновна вас все-таки переспорит; ничем ее не убедите. Одно разве: приказали бы ее вывести, ну, тогда другое дело, а то непременно переспорит.

2

Я непременно должен отрекомендовать моим читателям Домну Платоновну как можно подробнее.

Домна Платоновна росту невысокого, и даже очень невысокого, а скорее совсем низенькая, но всем она показывается человеком крупным. Этот оптический обман происходит оттого, что Домна Платоновна, как говорят, впоперек себя шире, и чем вверх не доросла, тем вширь берет. Здоровьем она не хвалится, хотя никто ее больною не помнит и на вид она гора горою ходит; одна грудь так такое из себя представляет, что даже ужасно, а сама она, Домна Платоновна, все жалуется.

— Дама я, — говорит, — из себя хотя, точно, полная, по настоящей крепости во мне, как в других прочих, никакой нет, и сон у меня самый страшный сан — аридов[2]. Чуть я лягу, сейчас он меня сморит, и хоть ты после этого возьми меня да воробьям на путало выставь, пока вволю не высплюсь — ничего не почувствую.

Могучий сон свой Домна Платоновна также считала одним из недугов своего полного тела и, как ниже увидим, немало от него перенесла горестей и несчастий.

Домна Платоновна очень любила прибегать к медицинским советам и в подробности описывать свои немощи, но лекарств не принимала и верила в одни только гарлемские капли, которые называла "гаремскими каплями" и пузыречек с которыми постоянно носила в правом кармане своего шелкового капота. Лет Домне Платоновне, по ее собственному показанию, все вертелось около сорока пяти, но по свежему ее и бодрому виду ей никак нельзя было дать более сорока. Волосы у Домны Платоновны в пору первого моего с нею знакомства были темно-коричневые — седого тогда еще ни

---

[2] Арид — библейский патриарх, проживший очень долгую жизнь (отсюда "аридовы веки").

одного не было заметно. Лицо у нее белое, щеки покрыты здоровым румянцем, которым, впрочем, Домна Платоновна не довольствуется и еще покупает в Пассаже, по верхней галерее, такие французские карточки, которыми усиливает свой природный румянец, не поддавшийся до сих пор никаким горестям, ни финским ветрам и туманам. Брови у Домны Платоновны словно как будто из черного атласа наложены: черны несказанно и блестят ненатуральным блеском, потому что Домна Платоновна сильно наводит их черным фиксатуаром и вытягивает между пальчиками в шнурочек. Глаза у нее как есть две черные сливы, окрапленные возбудительною утреннею росою. Один наш общий знакомый, пленный турок Испулат, привезенный сюда во время Крымской войны, никак не мог спокойно созерцать глаза Домны Платоновны. Так, бывало, и заколотится, как бесноватый, так и закричит:

— Ай грецкая глаза, совсем грецкая!

Другая на месте Домны Платоновны, разумеется, за честь бы себе такой отзыв поставила; но Домна Платоновна никогда на эту турецкую лесть не поддавалась и всегда горячо отстаивала свое непогрешимо русское происхождение.

— Врешь ты, рожа твоя некрещеная! врешь, лягушка ты пузастая! — отвечает она, бывало, весело турку. — Я своего собственного поколения известного; да и у нас в своем месте даже и греков-то этих в заводе совсем нет, и никогда их там не было.

Нос у Домны Платоновны был не нос, а носик, такой небольшой, стройненький и пряменький, какие только ошибкой иногда зарождаются на Оке и на Зуше. Рот у нее был-таки великонек: видно было, что круглою ложкою в детстве кушала; но рот был приятный, такой свеженький, очертание правильное, губки алые, зубы как из молодой редьки вырезаны — одним словом, даже и не на острове необитаемом, а еще даже и среди града многолюдного с Домной Платоновной поцеловаться охотнику до поцелуев было весьма незлоключительно. Но высшую прелесть лица Домны Платоновны, бесспорно, составляли ее персиковый подбородок и общее выражение, до того мягкое и детское, что если бы вас когда-нибудь взяла охота поразмыслить: как таки, при этой бездне простодушия, разлитой по всему лицу Домны Платоновны, с языка ее постоянно не сходит речь о людском ехидстве и злобе? — так вы бы непременно сказали себе: будь ты, однако. Домна Платоновна, совсем от меня проклята, потому что черт тебя знает, какие мне по твоей милости задачи приходят!

Нрава Домна Платоновна была самого общительного, веселого, доброго, необидчивого и простодушно-суеверного. Характер у нее был мягкий и сговорчивый; натура в основании своем честная и довольно прямая, хотя, разумеется, была у нее, как у русского человека, и маленькая лукавинка. Труд и хлопоты были сферою, в которой Домна Платоновна жила безвыходно. Она вечно суетилась, вечно куда-то бежала, о чем-то думала, что-то такое соображала или приводила в исполнение.

— На свете я живу одним-одна, одною своею душенькой, ну а все-таки жизнь, для своего пропитания, веду самую прекратительную, — говорила Домна Платоновна. — Мычусь я, как угорелая кошка по базару; и если не один, то другой меня за хвост беспрестанно так и ловят.

— Всех дел ведь сразу не переделаете, — скажешь ей, бывало.

— Ну, всех, хоть не всех, — отвечает, — а все же ведь ужасно это как, я тебе скажу, отяготительно, а пока что прощай — до свиданья: люди ждут, в семи местах ждут, — и сама действительно так и побежит скороходью.

Домна Платоновна нередко и сама сознавала, что она не всегда трудится для своего единого пропитания и что отяготительные труды ее и ее прекратительная жизнь могли бы быть значительно облегчены без всякого ущерба ее прямым интересам; но никак она не могла воздержать свою хлопотливость.

— Завистна уж я очень на дело; сердце мое даже взыграет, как вижу дело какое есть.

Завистна Домна Платоновна именно была только на хлопоты, а не на плату. К заработку своему, напротив, она иногда относилась с каким-то удивительным равнодушием.

"Обманул, варвар!" или "обманула, варварка!", бывало, только от нее и слышишь, а глядишь, уж и опять она бегает и распинается для того же варвара и для той же варварки, вперед предсказывая самой себе, что они и опять непременно надуют.

Хлопоты у Домны Платоновны были самые разнообразные. Официально она точно была только кружевница, то есть мещанки, бедные купчихи и поповны насылали ей "из своего места" разные воротнички, кружева и манжеты: она продавала эти произведения вразнос по Петербургу, а летом по дачам, и вырученные деньги, за удержанием своих процентов и лишков высылала "в свое место". Но, кроме кружевной торговли, у Домны Платоновны были еще другие приватные дела, при орудовании которых кружева и воротнички играли только роль пропускного вида.

Домна Платоновна сватала, приискивала женихов невестам, невест женихам; находила покупщиков на мебель, на надеванные дамские платья; отыскивала деньги под заклады и без закладов; ставила людей на места вкупно от гувернерских до дворнических и лакейских; заносила записочки в самые известные салоны и будуары, куда городская почта и подумать не смеет проникнуть, и приносила ответы от таких дам, от которых несет только крещенским холодом и благочестием.

Но, несмотря на все свое досужество и связи. Домна Платоновна, однако, не озолотилась и не осеребрилась. Жила она в достатке, одевалась, по собственному ее выражению, "поважно" и в куске себе не отказывала, но денег все-таки не имела, потому что, во-первых, очень она зарывалась своей завистностью к хлопотам и часто ее добрые люди обманывали, а потом и с самыми деньгами у нее выходили какие-то мудреные оказии.

Главное дело, что Домна Платоновна была художница — увлекалась своими произведениями. Хотя она рассказывала, что все это она трудится из-за хлеба насущного, но все-таки это было несправедливо. Домна Платоновна любила свое дело как артистка: скомпоновать, собрать, состряпать и полюбоваться делами рук своих — вот что было главное, и за этим просматривались и деньги и всякие другие выгоды, которых особа более реалистическая ни за что бы не просмотрела.

Впала в свою колею Домна Платоновна ненароком. Сначала она смиренно таскала свои кружева и вовсе не помышляла о сопряжении с этим промыслом каких бы то ни было других занятий; но столица волшебная преобразила нелепую мценскую бабу в того тонкого фактотума[3], каким я знавал драгоценную Домну Платоновну.

Стала Домна Платоновна смекать на все стороны и проникать всюду. Пошло это у нее так, что не проникнуть куда бы то ни было Домне Платоновне было даже невозможно: всегда у нее на рученьке вышитый саквояж с кружевами, сама она в новеньком шелковом капоте; на шее кружевной воротничок с большими городками, на плечах голубая французская шаль с белою каймою; в свободной руке белый, как кипень, голландский платочек, а на голове либо

---

[3] Фактотум (от лат. fac totum — делай все) — лицо, беспрекословно выполняющее чьи-либо поручения.

фиолетовая, либо серизовая гроденаплевая[4] повязочка, ну, одним словом, прелесть дама. А лицо! — само смиренство и благочестие. Лицом своим Домна Платоновна умела владеть, как ей угодно.

— Без этого, — говорила она, — никак в нашем деле и невозможно: надо виду не показать, что ты Ананья или каналья.

К тому же и обращение у Домны Платоновны было тонкое. Ни за что, бывало, она в гостиной не скажет, как другие, что "была, дескать, я во всенародной бане", а выразится, что "имела я, сударь, счастие вчера быть в бестелесном маскараде"; о беременной женщине ни за что не брякнет, как другие, что она, дескать, беременна, а скажет: "она в своем марьяжном интересе", и тому подобное.

Вообще была дама с обращением и, где следовало, умела задать тону своей образованностью. Но, при всем этом, надо правду сказать, Домна Платоновна никогда не заносилась и была, что называется, своему отечеству патриотка. По узости политического горизонта Домны Платоновны и самый патриотизм ее был самый узкий, то есть она считала себя обязанною хвалить всем Орловскую губернию и всячески привечать и обласкивать каждого человека "из своего места".

— Скажи ты мне, — говорила она, — что это такое значит: знаю ведь я, что наши орловцы первые на всем свете воры и мошенники; ну, а все какой ты ни будь шельма из своего места, будь ты хуже турки Испулатки лупоглазого, а я его не брошу и ни на какого самого честного из другой губернии променять не согласна?

Я ей на это отвечать не умел. Только, бывало, оба удивляемся:

— Отчего это в самом деле?

3

Мое знакомство с Домной Платоновной началось по пустому поводу. Жил я как-то на квартире у одной полковницы, которая говорила на шести европейских языках, не считая

---

[4] Серизовая (от франц.) — вишневого цвета. Гроденаплевая — шелковая ткань, которую впервые стали вырабатывать в г. Неаполе.

польского, на который она сбивалась со всякого. Домна Платоновна знала ужасно много таких полковниц в Петербурге и почти для всех их обделывала самые разнообразные делишки: сердечные, карманные и совокупно карманно-сердечные и сердечно-карманные. Моя полковница была, впрочем, действительно дама образованная, знала свет, держала себя как нельзя приличнее, умела представить, что уважает в людях их прямые человеческие достоинства, много читала, приходила в неподдельный восторг" от поэтов и любила декламировать из "Марии" Мальчевского:

Bo na tym swiecie smierc wszystko zmiecie,
Robak sie legnie i w bujnym kwiecie[5]

Я видел Домну Платоновну первый раз у своей полковницы. Дело было вечером; я сидел и пил чай, а полковница декламировала мне:

Bo na tym swiecie smierc wszystko zmiecie,
Robak sie legnie i w bujnym kwiecie.

Домна Платоновна вошла, помолилась богу, у самых дверей поклонилась на все стороны (хотя, кроме нас двух, в комнате никого и не было), положила на стол свой саквояж и сказала:
— Ну вот, мир вам, и я к вам!
В этот раз на Домне Платоновне был шелковый коричневый капот, воротничок с язычками, голубая французская шаль и серизовая гроденаплевая повязочка, словом весь ее мундир, в котором читатели и имеют представлять ее теперь своему художественному воображению.
Полковница моя очень ей обрадовалась и в то же время при появлении ее будто немножко покраснела, но приветствовала Домну Платоновну дружески, хотя и с немалым тактом.
— Что это вас давно не видно было, Домна Платоновна? — спрашивала ее полковница.
— Все, матушка, дела, — отвечала, усаживаясь и осматривая меня, Домна Платоновна.
— Какие у вас дела!

---

[5] Потому что на этом свете смерть все уничтожит,
И в пышном цветке гнездится червяк — пер. авт.

— Да ведь вот тебе, да другой такой-то, да третьей, всем вам кортит[6], всем и угодить надо; вот тебе и дела.

— Ну, а то дело, о котором ты меня просила-то, помнишь... — начала Домна Платоновна, хлебнув чайку. — Была я намедни... и говорила...

Я встал проститься и ушел.

Только всего и встречи моей было с Домной Платоновной. Кажется, знакомству бы с этого завязаться весьма трудно, а оно, однако, завязалось.

Сижу я раз после этого случая дома, а кто-то стук-стук-стук в двери.

— Войдите, — отвечаю, не оборачиваясь.

Слышу, что-то широкое вползло и ворочается. Оглянулся — Домна Платоновна.

— Где ж, — говорит, — милостивый государь, у тебя здесь образ висит?

— Вон, — говорю, — в угле, над шторой.

— Польский образ или наш, христианский? — опять спрашивает, приподнимая потихоньку руку.

— Образ, — отвечаю, — кажется, русский.

Домна Платоновна покрыла глаза горсточкой, долго всматривалась в образ и наконец махнула рукою — дескать: "все равно!" — и помолилась.

— А узелочек мой, — говорит, — где можно положить? — и оглядывается.

— Положите, — говорю, — где вам понравится.

— Вот тут-то, — отвечает, — на диване его пока положу.

Положила саквояж на диван и сама села.

"Милый гость, — думаю себе, — бесцеремонливый".

— Этакие нынче образки маленькие, — начала Домна Платоновна, — в моду пошли, что ничего и не рассмотришь. Во всех это у аристократов все маленькие образки. Как это нехорошо.

— Чем же это вам так не нравится?

— Да как же: ведь это, значит, они бога прячут, чтоб совсем и не найти его.

Я промолчал.

— Да право, — продолжала Домна Платоновна, — образ должен быть в свою меру.

— Какая же, — говорю, — мера, Домна Платоновна, на образ установлена? — и сам, знаете, вдруг стал чувствовать себя с ней как со старой знакомой.

---

[6] Кортит — не терпится.

— А как же! — возговорила Домна Платоновна, — посмотри-ка ты, милый друг, у купцов: у них всегда образ в своем виде, ланпад и сияние... все это как должно. А это значит, господа сами от бога бежат, и бог от них далече. Вот нынче на святой была я у одной генеральши... и при мне камердинер ее входит и докладывает, что священники, говорит, пришли.

"Отказать", — говорит.

"Зачем, — говорю ей, — не отказывайте — грех".

"Не люблю, — говорит, — я попов".

Ну что ж, ее, разумеется, воля; пожалуй себе отказывай, только ведь ты не любить посланного; а тебя и пославший любить не будет.

— Вон, — говорю, — какая вы. Домна Платоновна, рассудительная!

— А нельзя, — отвечает, — мой друг, нынче без рассуждения. Что ты сколько за эту комнату платишь?

— Двадцать пять рублей.

— Дорого.

— Да и мне кажется дорого.

— Да что ж, — говорит, — не переедешь?

— Так, — говорю, — возиться не хочется.

— Хозяйка хороша.

— Нет, полноте, — говорю, — что вы там с хозяйкой.

— Ц-ты! Говори-ка, брат, кому-нибудь другому, да не мне; я знаю, какие все вы, шельмы.

"Ничего, — думаю, — отлично ты, гостья дорогая, выражаешься".

— Они, впрочем, полячки-то эти, ловкие тоже, — продолжала, зевнув и крестя рот, Домна Платоновна, — они это с рассуждением делают.

— Напрасно, — говорю, — вы Домна Платоновна, так о Моей хозяйке думаете: она женщина честная.

— Да тут, друг милый, и бесчестия ей никакого нет; она человек молодой.

— Речи ваши, — говорю, — Домна Платоновна, умные и справедливые, но только я-то тут ни при чем.

— Ну, был ни при чем, стал городничОм; знаю уж я эти петербургские обстоятельства, и мне толковать про них нечего.

"И вправду, — думаю, — тебя, матушка, не разуверишь".

— А ты ей помогай — плати, мол, за квартиру-то, — говорила Домна Платоновна, пригинаясь ко мне и ударяя меня слегка по плечу.

— Да как же, — говорю — не платить?

— А так — знаешь, ваш брат, как осетит нашу сестру, так и норовит сейчас все на ее счет...

— Полноте, что это вы! — останавливаю Домну Платоновну.

— Да, дружок, наша-то сестра, особенно русская, в любви-то куда ведь она глупа; "на, мой сокол, тебе", готова и мясо с костей срезать да отдать; а ваш брат шаматон этим и пользуется.

— Да полноте вы, Домна Платоновна, какой я ей любовник.

— Нет, а ты ее жалей. Ведь если так-то посудить, ведь жалка, ей-богу же, друг мой, жалка наша сестра! Нашу сестру уж как бы надо было бить да драть, чтоб она от вас, поганцев, подальше береглась. И что это такое, скажи ты, за мудрено сотворено, что мир весь этими соглядатаями, мужчинами преисполнен!.. На что они? А опять посмотришь, и без них все будто как скучно; как будто под иную пору словно тебе и недостает чего. Черта в стуле, вот чего недостает! — рассердилась Домна Платоновна, плюнула и продолжала: — Я вон так-то раз прихожу к полковнице Домуховской... не знавал ты ее?

— Нет, — говорю, — не знавал.

— Красавица.

— Не знаю.

— Из полячек.

— Так что ж, — говорю, — разве я всех полячек по Петербургу знаю?

— Да она не из самых настоящих полячек, а крещеная — нашей веры!

— Ну, вот и знай ее, какая такая есть госпожа Домуховская не из самых полячек, а нашей веры. Не знаю, — говорю, — Домна Платоновна; решительно не знаю.

— Муж у нее доктор.

— А она полковница?

— А тебе это в диковину, что ль?

— Ну-с, ничего, — говорю, — что же дальше?

— Так она с мужем-то с своим, понимаешь, попштыкалась.

— Как это попштыкалась?

— Ну, будто не знаешь, как, значит, в чем-нибудь не уговорились, да сейчас пшик-пшик, да и в разные стороны. Так и сделала эта Леканидка.

"Очень, — говорит, — Домна Платоновна, он у меня нравен".

Я слушаю да головой качаю.

12

"Капризов, — говорит, — я его сносить не могу; нервы мои, — говорит, — не выносят".

Я опять головой качаю. "Что это, — думаю, — у них нервы за стервы, и отчего у нас этих нервов нет?"

Прошло этак с месяц, смотрю, смотрю — моя барыня квартиру сняла: "Жильцов, — говорит, — буду пущать".

"Ну что ж, — думаю, — надоело играть косточкой, покатай желвачок; не умела жить за мужней головой, так поживи за своей: пригонит нужа и к поганой луже, да еще будешь пить да похваливать".

Прихожу к ней опять через месяц, гляжу — жилец у нее есть, такой из себя мужчина видный, ну только худой и этак немножко осповат.

"Ах, — говорит, — Домна Платоновна, какого мне бог жильца послал — деликатный, образованный и добрый такой, всеми моими делами занимается".

"Ну, деликатиться-то, мол, они нынче все уж, матушка, выучились, а когда во все твои дела уж он взошел, так и на что ж того и законней?"

Я это смеюсь, а она, смотрю, пых-пых, да и спламенела.

Ну, мой суд такой, что всяк себе как знает, а что если только добрый человек, так и умные люди не осудят и бог простит. Заходила я потом еще раза два, все застаю: сидит она у себя в каморке да плачет.

"Что так, — говорю, — мать, что рано соленой водой умываться стала?"

"Ах, — говорит, — Домна Платоновна, горе мое такое", — да и замолчала.

"Что, мол, — говорю, — такое за горе? Иль живую рыбку съела?"

"Нет, — говорит, — ничего такого, слава богу, нет".

"Ну, а нет, — говорю, — так все другое пустяки".

"Денег у меня ни грошика нет".

"Ну, это, — думаю, — уж действительно дрянь дело; но знаю я, что человека в такое время не надо печалить".

"Денег, — говорю, — нет — перед деньгами. А жильцы ж твои?" — спрашиваю.

"Один, — говорит, — заплатил, а то пустые две комнаты".

"Вот уж эта мерзость запустения, — говорю, — в вашем деле всего хуже. Ну, а дружок-то твой?" Так уж, знаешь, без церемонии это ее спрашиваю.

Молчит, плачет. Жаль мне ее стало: слабая, вижу, неразумная женщина.

"Что ж, — говорю, — если он наглец какой, так и вон его".

Плачет на эти слова, ажно платок мокрый за кончики зубами щипет.

"Плакать, — говорю, — тебе нечего и убиваться из-за них, из-за поганцев, тоже не стоит, а что отказала ему, да только всего и разговора, и найдем себе такого, что и любовь будет и помощь; не будешь так-то зубами щелкать да убиваться". А она руками замахала: "Не надо! не надо! не надо!" — да сама кинулась в постель головой, в подушки, и надрывается, ажно как спинка в платье не лопнет. У меня на то время был один тоже знакомый купец (отец у него по Суровской линии свой магазин имеет), и просил он меня очень: "Познакомь, — говорит, — ты меня, Домна Платоновна, с какой-нибудь барышней, или хоть и с дамой, но только чтоб очень образованная была. Терпеть, — говорит, — не могу необразованных". И поверить можно, потому и отец у них, и все мужчины в семье все как есть на дурах женаты, и у этого-то тоже жена дурища — все, когда ни приди, сидит да печатаные пряники ест.

"На что, — думаю, — было бы лучше желать и требовать, как эту Леканиду суютить с ним". Но, вижу, еще глупа — я и оставила ее: пусть дойдет на солнце!

Месяца два я у нее не была. Хоть и жаль было мне ее, но что, думала себе, когда своего разума нет и сам человек ничем кругом себя ограничить не понимает, так уж ему не поможешь.

Но о спажинках[7] была я в их доме; кружевцов немного продала, и вдруг мне что-то кофию захотелось, и страсть как захотелось. Дай, думаю, зайду к Домуховской, к Леканиде Петровне, напьюсь у нее кофию. Иду это по черной лестнице, отворяю дверь на кухню — никого нет. Ишь, говорю, как живут откровенно — бери что хочешь, потому и самовар и кастрюли, все, вижу, на полках стоит.

Да только что этак-то подумала, иду по коридору и слышу, что-то хлоп-хлоп, хлоп-хлоп. Ах ты боже мой! что это? — думаю. Скажите пожалуйста, что это такое? Отворяю дверь в ее комнату, а он, этот приятель-то ее добрый — из актеров он был, и даже немаловажный актер — артист назывался; ну-с, держит он, сударь, ее одною рукою за руку, а в другой нагайка.

"Варвар! варвар! — закричала я на него, — что ты это, варвар, над женщиной делаешь!" — да сама-то, знаешь, промеж них, саквояжем-то своим накрываюсь, да промеж них-то. Вот ведь что вы, злодеи, над нашей сестрой делаете!

---

[7] Спажинки (спожинки) — пост накануне успенья (15 августа); праздник жатвы.

Я молчал.

— Ну, тут-то я их разняла, не стал он ее при мне больше наказывать, а она еще было и отговаривается.

"Это, — говорит, — вы не думайте, Домна Платоновна; это он шутил".

"Ладно, — говорю, — матушка; бочка-то, гляди, в платье от его шутилки не потрескались ли". Однако жили опять; все он у нее стоял на квартире, только ничего ей, мошенник, ни грошика не платил.

— Тем и кончилось?

— Ну, нет; через несколько времени пошел у них опять карамболь[8], пошел он ее опять что день трепать, а тут она какую-то жиличку еще к себе, приезжую бары́ньку из купчих, приняла. Чай, ведь сам знаешь, наши купчихи, как из дому вырвутся, на это дело препростые... Ну он ко всему же к прежнему да еще почал с этой жиличкой амуриться — пошло у них теперь такое, что я даже и ходить перестала.

"Бог с вами совсем! живите, — думаю, — как хотите".

Только тринадцатого сентября, под самое воздвиженье честнаго и животворящего креста, пошла я к Знаменью, ко всенощной. Отстояла всенощную, выхожу и в самом притворе на паперти, гляжу — эта самая Леканида Петровна. Жалкая такая, бурнусишко старенький, стоит на коленочках в уголочке и плачет. Опять меня взяла на нее жалость.

"Здравствуй, — говорю, — Леканида Петровна!"

"Ах, душечка, — говорит, — моя, Домна Платоновна, такая-сякая немазаная! Сам бог, — говорит, — мне вас послал", — а сама так вот ручьями слез горьких и заливается.

"Ну, — я говорю, — бог, матушка, меня не посылал, потому что бог ангелов бесплотных посылает, а я человек в свою меру грешный; но ты все-таки не плачь, а пойдем куда-нибудь под насесть сядем, расскажи мне свое горе; может, чем-нибудь надумаемся и поможем".

Пошли.

"Что варвар твой, что ли, опять над тобой что сделал?" — спрашиваю ее.

"Никого, — говорит, — никакого варвара у меня нет".

"Да куда же это ты идешь?" — говорю, потому квартира ее была в Шестилавочной, а она, смотрю, на Грязную заворачивает.

Слово по слову, и раскрылось тут все дело, что квартиры уж

_____

8 Карамболь — термин в биллиардной игре: удар шаром по двум другим шарам с рикошета.

15

у нее нет: мебелишку, какая была у нее, хозяин за долг забрал; дружок ее пропал — да и хорошо сделал, — а живет она в каморочке, у Авдотьи Ивановны Дислен. Такая эта подлая Авдотья Ивановна, даром что майорская она дочь и дворянством своим величается, ну, а преподлая-подлая. Чуть я за нее, за негодяйку, один раз в квартал не попала по своей простоте по дурацкой. "Ну, только, — говорю я Леканиде Петровне, — я эту Дисленьшу, мой друг, очень знаю — это первая мошенница".

"Что ж, — говорит, — делать! Голубочка Домна Платоновна, что же делать?"

Ручонки-то, гляжу, свои ломит, ломит, инда даже смотреть жалко, как она их коверкает.

"Зайдите, — говорит, — ко мне".

"Нет, — говорю, — душечка, мне тебя хоша и очень жаль, но я к тебе в Дисленьшину квартиру не пойду — я за нее, за бездельницу, и так один раз чуть в квартал не попала, а лучше, если есть твое желание со мной поговорить, ты сама ко мне зайди".

Пришла она ко мне: я ее напоила чайком, обогрела, почавкали с нею, что бог послал на ужин, и спать ее с собой уложила. Довольно с тебя этого?

Я кивнул утвердительно головою.

— Ночью-то что я еще через нее страху имела! Лежит-лежит она, да вдруг вскочит, сядет на постели, бьет себя в грудь. "Голубочка, — говорит, — моя, Домна Платоновна! Что мне с собой делать?"

Какой час, уж вижу, поздний. "Полно, — говорю, — себе убиваться, — спи. Завтра подумаем".

"Ах, — говорит, — не спится мне, не спится мне. Домна Платоновна".

Ну, а мне спать смерть как хочется, потому у меня сон необыкновенно какой крепкий.

Проспала я этак до своего часу и прокинулась. Я прокинулась, а она, гляжу, в одной рубашоночке сидит на стуле, ножонки под себя подобрала и папироску курит. Такая беленькая, хорошенькая да нежненькая — точно вот пух в атласе.

"Умеешь, — спрашиваю, — самоварчик поставить?"

"Пойду, — говорит, — попробую".

Надела на себя юбчонку бумазейную и пошла в кухоньку. А мне таки тут что-то смерть не хотелось вставать. Приносит она самоваришко, сели мы чай пить, она и говорит: "Что, — говорит, — я, Домна Платоновна, надумалась?"

16

"Не знаю, — говорю, — душечка, чужую думку своей не раздумаешь".

"Поеду я, — говорит, — к мужу".

"На что, мол, лучше этого, как честной женой быть, когда б, — спрашиваю, — только он тебя принял?"

"Он, — говорит, — у меня добрый; я теперь вижу, что он всех добрей".

"Добрый-то, — отвечаю ей, — это хорошо, что он добрый; а скажи-ка ты мне, давно ты его покинула-то?"

"А уж скоро, — говорит, — Домна Платоновна, как с год будет".

"Да вот, мол, видишь ты, с год уж тому прошло. Это тоже, — говорю, — дамочка, время не малое".

"А что же, — спрашивает, — такое, Домна Платоновна, вы в этом полагаете?"

"Да то, — говорю, — полагаю, что не завелась ли там на твое место тоже какая-нибудь пирожная мастерица, горшечная пагубница".

"Я, — отвечает, — об этом, Домна Платоновна, и не подумала".

"То-то, мол, мать моя, и есть, что "не подумала". И все-то вот вы так-то об этом не думаете!.. А надо думать. Когда б ты подумала-то да рассудила, так, может быть, и много б чего с тобой не было".

Она таки тут ух как засмутилась! Заскребло, вижу, ее за сердчишко-то; губенки свои этак кусает, да и произносит таково тихонечко: "Он, — говорит, — мне кажется, совсем не такой был".

"Ах вы, — подумала я себе, — звери вы этакие капустные! Сами козами в горах так и прыгают, а муж хоть и им негож, так и другой не трожь". Не поверишь ты, как мне это всякий раз на них досадно бывает. "Прости-ка ты меня, матушка, — сказала я ей тут-то, — а только речь твоя эта, на мой згад, ни к чему даже не пристала. Что же, — говорю, — он, твой муж, за такой за особенный, что ты говоришь: не такой он? Ни в жизнь мою никогда я этому не поверю. Все, я думаю, и он такой же самый, как и все: костяной да жильный. А ты бы, — говорю, — лучше бы вот так об этом сообразила, что ты, женщиной бымши, себя не очень-то строго соблюла, а ему, — говорю, — ничего это и в суд не поставится", — потому что ведь и в самом-то деле, хоть и ты сам, ангел мой, сообрази: мужчина что сокол: он схватил, встрепенулся, отряхнулся, да и опять лети, куда око глянет; а нашей сестре вся и дорога, что от печи до порога. Наша сестра

17

вашему брату все равно что дураку волынка: поиграл да и кинул. Согласен ли ты с этой справедливостью?

Ничего не возражаю.

А Домна Платоновна, спасибо ей, не дождавшись, моего ответа, продолжает:

— Ну-с, вот и эта, милостивая моя государыня, наша Леканида Петровна, после таких моих слов и говорит: "Я, — говорит, — Домна Платоновна, ничего от мужа не скрою, во всем сама повинюсь и признаюсь: пусть он хоть голову мою снимет".

"Ну, это, — отвечаю, — опять тоже, по-моему, не дело, потому что мало ли какой грех был, но на что про то мужу сказывать. Что было, то прошло, а слушать ему про это за большое удовольствие не будет. А ты скрепись и виду не покажи".

"Ах, нет! — говорит, — ах, нет, я лгать не хочу".

"Мало, — говорю, — чего не хочешь! Сказывается: грех воровать, да нельзя миновать".

"Нет, нет, нет, я не хочу, не хочу! Это грех обманывать".

Зарядила свое, да и баста.

"Я, — говорит, — прежде все опишу, и если он простит — получу ответ, тогда и поеду".

"Ну, делай, мол, как знаешь; тебя, видно, милая, не научишь. Дивлюсь только, — говорю, — одному, что какой это из вас такой новый завод пошел, что на грех идете, вы тогда с мужьями не спрашиваетесь, а промолчать, прости господи, о пакостях о своих — греха боитесь. Гляди, — говорю, — бабочка, не кусать бы тебе локтя!"

Так-таки оно все на мое вышло. Написала она письмо, в котором, уж бог ее знает, все объяснила, должно быть, — ответа нет. Придет, плачет-плачет — ответа нет.

"Поеду, — говорит, — сама; слугою у него буду".

Опять я подумала — и это одобряю. Она, думаю, хорошенькая, пусть хоть попервоначалу какое время и погневается, а как она на глазах будет, авось опять дух, во тьме приходящий, спутает; может, и забудется. Ночная кукушка, знаешь, дневную всегда перекукует.

"Ступай, — говорю, — все ж муж, не полюбовник, все скорей смилуется".

"А где б, — говорит, — мне, Домна Платоновна, денег на дорогу достать?"

"А своих-то, — спрашиваю, — аль уж ничего нет?"

"Ни грошика, — говорит, — нет; я уж и Дисленьше должна".

"Ну, матушка, денег доставать здесь остро".

"Взгляните, — говорит, — на мои слезы".

"Что ж, — говорю, — дружок, слезы? — слезы слезами, и мне даже самой очень тебя жаль, да только Москва слезам не верит, говорит пословица. Под них денег не дадут".

Она плачет, я это тоже с нею сижу, да так промеж себя и разговариваем, а в комнату ко мне шасть вдруг этот полковник... как его зовут-то?

— Да ну, бог там с ним, как его зовут!

— Уланский, или как их это называются-то они? — инженер?

— Да бог с ним, Домна Платоновна.

— Ласточкин он, кажется, будет по фамилии, или как не Ласточкин? Так как-то птичья фамилия и не то с "люди", не то с "како" начинается...

— Ах, да оставьте вы его фамилию в покое.

— Я этак-то вот много кого: по местам сейчас тебе найду, а уж фамилию не припомню. Ну, только входит этот полковник; начинает это со мною шутить, да на ушко и спрашивает:

"Что, — говорит, — это за барышня такая?"

Она совсем барыня, ну, а он ее барышней назвал: очень она еще моложава была на вид.

Я ему отвечаю, кто она такая.

"Из провинции?" — спрашивает.

"Это, — говорю, — вы угадали — из провинции".

А он это — не то как какой ветреник или повеса — известно, человек уж в таком чине — любил, чтоб женщина была хоть и на краткое время, но не забымши свой стыд, и с правилами; ну, а наши питерские, знаешь, чай, сам, сколько у них стыда-то, а правил и еще того больше: у стриженой девки на голове волос больше, чем у них правил.

— Ну-с, Домна Платоновна?

"Ну, сделай, — говорит, — милость, Домна Панталоновна", — у них это, у полковых, у всех все такая привычка: не скажет: Платоновна, а Панталоновна. — "Ну-с, — говорит, — Домна Панталоновна, ничего, — говорит, — для тебя не пожалею, только ограничь ты мне это дело в порядке".

Я, знаешь, ничего ему решительного не отвечаю, а только бровями этак, понимаешь, на нее повела и даю ему мину, что, дескать, "трудно".

"Невозможно?" — говорит.

"Этого, — говорю, — я тебе, генерал мой хороший, не объясняю, потому это ее душа, ее и воля, а что хотя и не надеюсь, но попробовать я для тебя попробую".

А он сейчас мне: "Нечего, — говорит, — тут, Панталониха, словами разговаривать; вот, — говорит, — тебе пятьдесят рублей, и все их сейчас ей передай".

— И вы их, — спрашиваю, — передали?

— А ты вот лучше не забегай, а если хочешь слушать, так слушай. Рассуждаю я, взявши у него эти деньги, что хотя, точно, у нас с нею никогда разговора такого, на это похожего, не было, чтоб претекст мне ей такой сделать, ну только, зная эти петербургские обстоятельства, думаю: "Ох, как раз она еще, гляди, и сама рада, бедная, будет!" Выхожу я к ней в свою маленькую комнатку, где мы сидели-то, и, говорю: "Ты, — говорю, — Леканида Петровна, в рубашечке, знать, родилась. Только о деньгах поговорили, а оне, — говорю, — и вот оне", да бумажку-то перед ней кладу. Она: "Кто это? как это? откуда?" — "Бог, — я говорю, — тебе послал", — говорю ей громко, а на ушко-то шепчу: "Вот этот барин, — сказываю, — за одно твое внимание тебе посылает... Прибирай, — говорю, — скорей эти деньги!"

А она, смотрю, слезы у нее по глазам и на стол кап-кап, как гороховины. С радости или с горя — никак не разберу, с чего эти слезы.

"Прибери, — говорю, — деньги-то да выдь на минутку в ту комнату, а я тут покопаюсь..." Довольно тебе кажется, как я все это для нее вдруг прекрасно устроила?

Смотрю я на Домну Платоновну: ни бровка у нее не моргнет, ни уста у нее не лукавят; вся речь ее проста, сердечна; все лицо ее выражает одно доброе желание пособить бедной женщине и страх, чтоб это внезапно подвернувшееся благодетельное событие как-нибудь не расстроилось, — страх не за себя, а за эту же несчастную Леканиду.

— Довольно тебе этого? Кажется, все, что могла, все я для нее сделала, — говорит, привскакивая и ударяя рукою по столу, Домна Платоновна, причем лицо ее вспыхивает и принимает выражение гневное. — А она, мерзавка этакая! — восклицает Домна Платоновна, — она с этим самым словом — мах, безо всего, как сидела, прямо на лестницу и гу-гу-гу: во всю мочь ревет, значит. Осрамила! Я это в свой уголок скорей; он тоже за шапку да драла. Гляжу вокруг себя — вижу, и платок она свой шейный, так, мериносовый, старенький платчишко, — забыла. "Ну, постой же, — думаю, — ты, дрянь этакая! Придешь ты, гадкая, я тебе этого так не подарю". Через день, не то через два, вернулась это я к себе домой, смотрю — и она жалует. Я, хоть сердце у меня на ее невелико, потому что я вспыльчива только, а сердца долго никогда не держу, но вид такой ей даю, что сердита ужасно.

"Здравствуйте, — говорит, — Домна Платоновна".

"Здравствуй, — говорю, — матушка! За платочком, что ля, пришла? — вон твой платок".

"Я, — говорит, — Домна Платоновна, извините меня, так тогда испугалась".

"Да, — говорю ей, — покорно вас, матушка, благодарю. За мое же к вам за расположение вы такое мне наделали, что на что лучше желать-требовать".

"В перепуге, — говорит, — я была, Домна Платоновна, простите, пожалуйста".

"Мне, — отвечаю, — тебя прощать нечего, а что мой дом не такой, чтоб у меня шкандалить, бегать от меня по лестницам да визги эти свои всякие здесь поднимать. Тут, — говорю, — и жильцы благородные живут, да и хозяин, — говорю, — процентщик — к нему что минута народ идет, так он тоже этих визгов-то не захочет у себя слышать".

"Виновата я, Домна Платоновна. Сами вы посудите, такое предложение".

"Что ж ты, — говорю, — такая за особенная, что этак очень тебя предложение это оскорбило? Предложить, — говорю, — всякому это вольно, так как ты женщина нуждающая; а ведь тебя насильно никто не брал, и зевать-то, стало быть, тебе во все горло нечего было".

Простить просит.

Я ей и простила, и говорить с ней стала, и чаю чашку палила.

"Я к вам, — говорит, — Домна Платоновна, с просьбой: как бы мне денег заработать, чтоб к мужу ехать".

"Как же, мол, ты их, сударыня, заработаешь? Вот был случай, упустила, теперь сама думай; я уж ничего не придумаю. Что ж ты такое можешь работать".

"Шить, — говорит, — могу; шляпы могу делать".

"Ну, душечка, — отвечаю ей, — ты лучше об этом меня спроси; я эти петербургские обстоятельства-то лучше тебя знаю; с этой работой-то, окромя уж того, что ее, этой работы, достать негде, да и те, которые ею и давно-то занимаются и настоящие-то шитвицы, так и те, — говорю, — давно голые бы ходили, если б на одежонку себе грехом не доставали".

"Так как же, — говорит, — мне быть?" — и опять руки ломает.

"А так, — говорю, — и быть, что было бы не коробатиться; давно бы, — говорю, — уж другой бы день к супругу выехала".

21

И-и-их, как она опять на эти мои слова вся как вспыхнет!

"Что это, — говорит, — вы, Домна Платоновна, говорите? Разве, — говорит, — это можно, чтоб я на такие скверные дела пустилась?"

"Пускалась же, — говорю, — меня про то не спрашивалась". Она еще больше запламенела.

"То, — говорит, — грех мой такой был, увлечение, а чтобы я, — говорит, — раскаявшись да собираясь к мужу, еще на такие подлые средства поехала — ни за что на свете!"

"Ну, ничего, — говорю, — я, матушка, твоих слов не понимаю. Никаких я тут подлостей не вижу. Мое, — говорю, — рассуждение такое, что когда если хочет себя женщина на настоящий путь поворотить, так должна она всем этим пренебрегать".

"Я, — говорит, — этим предложением пренебрегаю".

Очень, слышь, большая барыня! Так там с своим с конопастым безо всякого без пути сколько время валандалась, а тут для дела, для собственного покоя, чтоб на честную жизнь себя повернуть — шагу одного не может, видишь, ступить, минутая уж ей одна и та тяжела очень стала.

Смотрю опять на Домну Платоновну — ничего в ней нет такого, что лежит печатью на специалистках по части образования жертв "общественного недуга", а сидит передо мною баба самая простодушная и говорит свои мерзости с невозмутимою уверенностью в своей доброте и непроходимой глупости госпожи Леканидки.

— "Здесь, — говорю, — продолжает Домна Платоновна, — столица; здесь даром, матушка, никто ничего не даст и шагу-то для тебя не ступит, а не то что деньги".

Этак поговорили — она и пошла. Пошла она, и недели с две, я думаю, ее не было видно. На конец того дела является голубка вся опять в слезах и опять с своими охами да вздохами.

"Вздыхай, — говорю, — ангел мой, не вздыхай, хоть грудь надсади, но как я хорошо петербургские обстоятельства знаю, ничего тебе от твоих слез не поможется".

"Боже мой! — сказывает, — у меня уж, кажется, как глаза от слез не вылезут, голова как не треснет, грудь болит. Я уж, — говорит, — и в общества сердобольные обращалась: пороги все обила — ничего не выходила".

"Что ж, сама ж, — говорю, — виновата. Ты бы меня расспросила, что эти все общества значат. Туда, — говорю, — для того именно и ходят, чтоб только последние башмаки дотаптывать".

"Взгляните, — говорит, — сами, какая я? На что я стала похожа".

"Вижу, — отвечаю ей, — вижу, мой друг, и нимало не удивляюсь, потому горе только одного рака красит, но помочь тебе, — говорю, — ничем не могу".

С час тут-то она у меня сидела и все плакала, и даже, правду сказать, уж и надоела.

"Нечего, — говорю ей на конец того, — плакать-то: ничего от этого не поможется; а умнее сказать, надо покориться".

Смотрю, слушает с плачем и — уж не сердится.

"Ничего, — говорю, — друг любезный, не поделаешь: не ты первая, не ты будешь и последняя".

"Занять бы, — говорит, — Домна Платоновна, хоть рублей пятьдесят".

"Пятидесяти копеек, — говорю, — не займешь, а не то что пятидесяти рублей — здесь не таковский город, а столица. Были у тебя пятьдесят рублей в руках — точно, да не умела ты их брать", так что ж с тобой делать?"

Поплакала она и ушла. Было это как раз, помню, на Иоанна Рыльского, а тут как раз через два дня живет-праздник: иконы Казанский божьей матери. Так что-то мне в этот день ужасно как нездоровилось — с вечера я это к одной купчихе на Охту ездила да, должно быть, простудилась на этом каторжном перевозе, — ну, чувствую я себя, что нездорова; никуда я не пошла: даже и у обедни не была; намазала себе нос салом и сижу на постели. Гляжу, а Леканида Петровна моя ко мне жалует, без бурнусика, одним платочком покрывшись.

"Здравствуйте, — говорит, — Домна Платоновна".

"Здравствуй, — говорю, — душечка. Что ты, — спрашиваю, — такая неубранная?"

"Так, — говорит, — на минуту, — говорит, — выскочила", — а сама, вижу, вся в лице меняется. Не плачет, знаешь, а то всполыхнет, то сбледнеет. Так меня тут же как молонья мысль и прожгла: верно, говорю себе, чуть ли ее Дисленьша не выгнала.

"Или, — спрашиваю, — что у вас с Дисленьшей вышло?" — а она это дерг-дерг себя за губенку-то, и хочет, вижу, что-то сказать, и заминается.

"Говори, говори, матушка, что такое?"

"Я, — говорит, — Домна Платоновна, к вам". А я молчу.

"Как, — говорит, — вы, Домна Платоновна, поживаете?"

"Ничего, — говорю, — мой друг. Моя жизнь все одинаковая".

"А я... — говорит, — ах, я просто совсем с ног сбилася".

23

"Тоже, — говорю, — видно, и твое все еще одинаково?"

"Все то же самое, — говорит. — Я уж, — говорит, — всюду кидалася. Я уж, кажется, всякий свой стыд позабыла; все ходила к богатым людям просить. В Кузнечном переулке тут, говорили, один богач помогает бедным — у него была; на Знаменской тоже была".

"Ну, и много же, — говорю, — от них вынесли?"

"По три целковых".

"Да и то, — говорю, — еще много. У меня, — говорю, — купец знакомый у Пяти углов живет, так тот разменяет рубль на копейки и по копеечке в воскресенье и раздает. "Все равно, — говорит, — сто добрых дел выходит перед богом". Но чтоб пятьдесят рублей, как тебе нужно, — этого, — говорю, — я думаю, во всем Петербурге и человека такого нет из богачей, чтобы даром дал".

"Нет, — говорит, — говорят, есть".

"Кто ж это, мол, тебе говорил? Кто такого здесь видел?"

"Да одна дама мне говорила... Там у этого богача мы с нею в Кузнечном вместе дожидали. Грек, говорит, один есть на Невском: тот много помогает".

"Как же это, — спрашиваю, — он за здорово живешь, что ли, помогает?"

"Так, — говорит, — так, просто так помогает. Домна Платонов на".

"Ну, уж это, — говорю, — ты мне, пожалуйста, этого лучше и не ври. Это, — говорю, — сущий вздор".

"Да что же вы, — говорит, — спорите, когда эта дама сама про себя даже рассказывала? Она шесть лет уж не живет с мужем, и всякий раз как пойду, говорит, так пятьдесят рублей".

"Врет, — говорю, — тебе твоя знакомая дама".

"Нет, — говорит, — не врет".

"Врет, врет, — говорю, — и врет. Ни в жизнь этому не поверю, чтобы мужчина женщине пятьдесят рублей даром дал".

"А я, — говорит, — утверждаю вас, что это правда".

"Да ты что ж, сама, что ли, — говорю, — ходила?"

А она краснеет, краснеет, глаз куда деть не знает.

"Да вы, — говорит, — что. Домна Платоновна, думаете? Вы, пожалуйста, ничего такого не думайте! Ему восемьдесят лет. К нему много дам ходят, и он ничего от них не требует".

"Что ж, — говорю, — он красотою, что ли, только вашею освещается?"

"Вашею? Почему же это, — говорит, — вы опять так

утверждаете, что как будто и я там была?" А сама так, как розан, и закраснелась.

"Чего ж, — говорю, — не утверждать? разве не видно, что была?"

"Ну так что ж такое, что была? Да, была".

"Что ж, очень, — говорю, — твоему счастию рада, что побывала в хорошем доме".

"Ничего, — говорит, — там нехорошего нет. Я очень просто зашла, — говорит, — к этой даме, что с ним знакома, и рассказала ей свои обстоятельства... Она, разумеется, мне сначала сейчас те же предложения, что и все делают... Я не захотела; ну, она и говорит: "Ну так вот, не хотите ли к одному греку богатому сходить? Он ничего не требует и очень много хорошеньким женщинам помогает. Я вам, — говорит, — адрес дам. У него дочь на фортепиано учится, так вы будто как учительница придете, но к нему самому ступайте, и ничего, — говорит, — вас стеснять не будет, а деньги получите". Он, понимаете, Домна Платоновна, он уже очень старый-престарый".

"Ничего, — говорю, — не понимаю".

Она, вижу, на мою недогадливость сердится. Ну, а я уж где там не догадываюсь: я все отлично это понимаю, к чему оно клонит, а только хочу ее стыдом-то этим помучить, чтоб совесть-то ее взяла хоть немножко.

"Ну как, — говорит, — не понимаете?"

"Да так, — говорю, — очень просто не понимаю, да и понимать не хочу".

"Отчего это так?"

"А оттого, — говорю, — что это оврат и противность, тьпфу!" Стыжу ее; а она, смотрю, морг-морг и кидается ко мне на плечи, и целует, и плачучи говорит: "А с чем же я все-таки поеду?"

"Как с чем, мол, поедешь? А с теми деньгами-то, что он тебе дал".

"Да он мне всего, — говорит, — десять рублей дал".

"Отчего так, — говорю, — десять? Как это — всем пятьдесят, а тебе всего десять!"

"Черт его знает!" — говорит с сердцем.

И слезы даже у нее от большого сердца остановились.

"А то-то, мол, и есть!.. видно, ты чем-нибудь ему не потрафила. Ах вы, — говорю, — дамки вы этакие, дамки! Не лучше ли, не честнее ли я тебе, простая женщина, советовала, чем твоя благородная посоветовала?"

"Я сама, — говорит, — это вижу".

"Раньше, — говорю, — надо было видеть".

"Что ж я, — говорит, — Домна Платоновна... я же ведь теперь уж и решилась", — и глаза это в землю тупит.

"На что ж, — говорю, — ты решилась?"

"Что ж, — говорит, — делать. Домна Платоновна, так, как вы говорили... вижу я, что ничего я не могу пособить себе. Если б, — говорит, — хоть хороший человек..."

"Что ж, — говорю, чтоб много ее словами не конфузить, — я, — говорю, — отягощусь, похлопочу, но только уже и ты ж смотри, сделай милость, не капризничай".

"Нет, — говорит, — уж куда!.." Вижу, сама давится, а сама твердо отвечает: "Нет, — говорит, — отяготитесь, Домна Платоновна, я не буду капризничать". Узнаю тут от нее, посидевши, что эта подлая Дисленьша ее выгоняет, и то есть не то что выгоняет, а и десять рублей-то, что она, несчастная, себе от грека принесла, уж отобрала у нее и потом совсем уж ее и выгнала и бельишко — какая там у нее была рубашка да перемывашка — и то все обобрала за долг и за хвост ее, как кошку, да на улицу.

"Да знаю, — говорю я, — эту Дисленьшу".

"Она, — говорит, — Домна Платоновна, кажется, просто торговать мною хотела".

"От нее, — отвечаю, — другого-то ничего и не дождешься".

"Я, — говорит, — когда при деньгах была, я ей не раз помогала, а она со мной так обошлась, как с последней".

"Ну, душечка, — говорю, — нынче ты благодарности в людях лучше и не ищи. Нынче чем ты кому больше добра делай, тем он только готов тебе за это больше напакостить. Тонет, так топор сулят, а вынырнет, так и топорища жаль".

Рассуждаю этак с ней и ни-и-и думаю того, что она сама, шельма эта Леканида Петровна, как мне за все отблагодарит.

Домна Платоновна вздохнула.

— Вижу, что она все это мнется да трется, — продолжала Домна Платоновна, — и говорю: "Что ты хочешь сказать-то? Говори — лишних бревен никаких нет; в квартал надзирателю доносить некому".

"Когда же?" — спрашивает.

"Ну, — говорю, — мать моя, надо подождать: это тоже шахмах не делается".

"Мне, — говорит, — Домна Платоновна, деться некуда".

А у меня — вот ты как зайдешь когда-нибудь ко мне, я тебе тогда покажу — есть такая каморка, так, маленькая такая, вещи там я свои, какие есть, берегу, и если случится какая тоже дамка, что места ищет иногда или случая какого дожидается, так в то время отдаю. На эту пору каморочка у меня была свободна. "Переходи, — говорю, — и живи".

Переход ее весь в том и был, что в чем пришла, в том и осталась: все Дисленьша, мерзавка, за долги забрала.

Ну, видя ее бедность, я дала ей тут же платье — купец один мне дарил: чудное платье, крепрошелевое, не то шикшинетеневое, так как-то материя-то эта называлась, — но только узко оно мне в лифике было. Шитвица-пакостница не потрафила, да я, признаться, и не люблю фасонных платьев, потому сжимают они очень в грудях, я все вот в этаких капотах хожу.

Ну, дала я ей это платье, дала кружевцов; перешила она это платьишко, отделала его кое-где кружевцами, и чудесное еще платьице вышло. Пошла я, сударь мой, в Штинбоков пассаж, купила ей полсапожки, с кисточками такими, с бахромочкой, с каблучками; дала ей воротничков, манишечку — ну, одним словом, нарядила молодца, яко старца; не стыдно ни самой посмотреть, ни людям показать. Даже сама я не утерпела, пошутила ей: "Франтишка, — говорю, — ты какая! умеешь все как к лицу сделать".

Живем мы после этого вместе неделю, живем другую, все у нас с нею отлично: я по своим делам, а она дома остается. Вдруг тут-то дело мне припало к одной не то что к дамке, а к настоящей барыне, и немолодая уж барыня, а такая-то, прости господи!.. звезда восточная. Студента все к сыну в гувернеры искала. Ну, уж я знаю, какого ей надо студента.

"Чтоб был, — говорит, — опрятный; чтоб не из этих, как вот шляются — сицилисты, — они не знают небось, где и мыло продается".

"На что ж, — говорю, — из этих? Куда они годятся!"

"И, — говорит, — чтоб в возрасте был, а не дитею бы смотрел; а то дети его и слушаться не будут".

"Понимаю, мол, все".

Отыскала я студента: мальчонке молоденький, но этакий штуковатый и чищеный, все сразу понимает. Иду-с я теперь с этим делом к этой даме; передала ей адрес; говорю: так и так, тогда и тогда будет, и извольте его посмотреть, а что такое если не годится — другого, — говорю, — найдем, и сама ухожу. Только иду это с лестницы, а в швейцарской генерал мне навстречу и вот он. И этот самый генерал, надо тебе сказать, хоть он и штатский, но очень образованный. В доме у него роскошь такой: зеркала, ланпы, золото везде, ковры, лакеи в перчатках, везде это духами накурено. Одно слово, свой дом, и живут в свое удовольствие; два этажа сами занимают: он, как взойдешь из швейцарской, сейчас налево; комнат восемь один живет, а направо сейчас другая такая ж половина, в той сын старший, тоже женатый уж года с два. На богатой тоже женился, и все как есть в доме очень ее хвалят, говорят — предобрая барыня, только чахотка, должно, у нее — очень уж худая. Ну, а наверху, сейчас по этакой лестнице — широкая-преширокая лестница и вся цветами установлена — тут сама старуха, как тетеря на токовище, сидит с меньшенькими детьми, и гувернеры-то эти там же. Ну, знаешь уж, как на большую ногу живут!

Встретил меня генерал и говорит: "Здравствуй, Домна Платоновна!" Превежливый барин.

"Здравствуйте, — говорю, — ваше превосходительство".

"У жены, что ль, была?" — спрашивает.

"Точно так, — говорю, — ваше превосходительство, у супруги вашей, у генеральши была; кружевца, — говорю, — старинные приносила".

"Нет ли, — говорит, — у тебя чего, кроме кружевцов, хорошенького?"

"Как, — говорю, — не быть, ваше превосходительство! Для хороших, — говорю, — людей всегда на свете есть что-нибудь хорошее".

"Ну, пойдем-ка, — говорит, — пройдемся; воздух, — говорит, — нынче очень свежий".

"Погода, — отвечаю, — отличная, редко такой и дождешься".

Он выходит на улицу, и я за ним, а карета сзади нас по улице едет. Так вместе по Моховой и идем — ей-богу правда. Препростодушный, говорю тебе, барин!

"Что ж, — спрашивает, — чем же ты это нынче, Домна Платоновна, мне похвалишься?"

"А уж тем, мол, ваше превосходительство, похвалюсь, что могу сказать, что редкость".

— "Ой ли, правда?" — спрашивает — не верит, потому что он очень и опытный — постоянно все по циркам да по балетам и везде страшно по этому предмету со вниманием следит.

"Ну, уж хвалиться, — говорю, — вам, сударь, не стану, потому что, кажется, изволите знать, что я попусту врать на ветер не охотница, а вы, когда вам угодно, извольте, — говорю, — пожаловать. Гляженое лучше хваленого".

"Так не лжешь, — говорит, — Домна Платоновна, стоящая штучка?"

"Одно слово, — отвечаю ему я, — ваше превосходительство,

28

больше и говорить не хочу. Не такой товар, чтоб еще нахваливать".

"Ну, посмотрим, — говорит, — посмотрим".

"Милости, — говорю, — просим. Когда пожалуете?"

"Да как-нибудь на этих днях, — говорит, — вероятно, заеду".

"Нет, — говорю, — ваше превосходительство, вы извольте назначить как наверное, так, — говорю, — и ждать будем; а то я, — говорю, — тоже дома не сижу: волка, мол, ноги кормят".

"Ну, так я, — говорит, — послезавтра, в пятницу, из присутствия заеду".

"Очень хорошо, — говорю, — я ей скажу, чтоб дожидалась".

"А у тебя, — спрашивает, — тут в узелке-то что-нибудь хорошенькое есть?"

"Есть, — говорю, — штучка шелковых кружев черных, отличная. Половину, — солгала ему, — половину, — говорю, — ваша супруга взяли, а половина, — говорю, — как раз на двадцать рублей осталась".

"Ну, передай, — говорит, — ей от меня эти кружева: скажи, что добрый гений ей посылает", — шутит это, а сам мне двадцать пять рублей бумажку подает, и сдачи, говорит, не надо: возьми себе на орехи.

Довольно тебе, что и в глаза ее не видавши, этакой презент.

Сел он в карету тут у Семионовского моста и поехал, а я Фонталкой по набережной да и домой.

"Вот, — говорю, — Леканида Петровна, и твое счастье нашлось".

"Что, — говорит, — такое?"

А я ей все по порядку рассказываю, хвалю его, знаешь, ей, как ни быть лучше: хотя, говорю, и в летах, но мужчина видный, полный, белье, говорю, тонкое носит, в очках, сказываю, золотых; а она вся так и трясется.

"Нечего, — говорю, — мой друг, тебе его бояться: может быть, для кого-нибудь другого он там по чину своему да по должности пускай и страшен, а твое, — говорю, — дело при нем будет совсем особливое; еще ручки, ножки свои его целовать заставь. Им, — говорю, — одна дамка-полячка (я таки ее с ним еще и познакомила) как хотела помыкала и амантов[9], — говорю, — имела, а он им еще и отличные какие места подавал, все будто заместо своих братьев она ему их выдавала. Положись на мое слово и ничуть его не опасайся, потому что я его отлично знаю. Эта полячка, бывало, даже руку на него

---

[9] любовников (франц.)

поднимала: сделает, бывало, истерику, да мах его рукою по очкам; только стеклышки зазвенят. А твое воспитание ничуть не ниже. А вот, — говорю, — тебе от него пока что и презентик", — вынула кружева да перед ней и положила.

Прихожу опять вечером домой, смотрю — она сидит, чулок себе штопает, а глаза такие заплаканные; гляжу, и кружева мои на том же месте, где я их положила.

"Прибрать бы, — говорю, — тебе их надо; вон хоть в комоду, — говорю, — мою, что ли, бы положила; это вещь дорогая".

"На что, — говорит, — они мне?"

"А не нравятся, так я тебе за них десять рублей деньги ворочу".

"Как хотите", — говорит. Взяла я эти кружева, смотрю, что все целы, — свернула их как должно и так, не меривши, в свой саквояж и положила.

"Вот, — говорю, — что ты мне за платье должна — я с тебя лишнего не хочу, — положим за него хоть семь рублей, да за полсапожки три целковых, вот, — говорю, — и будем квиты, а остальное там, как сочтемся".

"Хорошо", — говорит, — а сама опять плакать.

"Плакать-то теперь бы, — говорю, — не следовало".

А она мне отвечает:

"Дайте, — говорит, — мне, пожалуйста, мои последние слезы выплакать. Что вы, — говорит, — беспокоитесь? — не бойтесь, понравлюсь!"

"Что ж, — говорю, — ты, матушка, за мое же добро да на меня же фыркаешь? Тоже, — говорю, — новости: у Фили пили, да Филю ж и били!"

Взяла да и говорить с ней перестала.

Прошел четверг, я с ней не говорила. В пятницу напилась чаю, выхожу и говорю: "Изволь же, — говорю, — сударыня, быть готова: он нынче приедет".

Она как вскочит: "Как нынче! как нынче!"

"А так, — говорю, — чай, сказано тебе было, что он обещался в пятницу, а вчера, я думаю, был четверг".

"Голубушка, — говорит, — Домна Платоновна!" — пальцы себе кусает, да бух мне в ноги.

"Что ты, — говорю, — сумасшедшая? Что ты?"

"Спасите!"

"От чего, — говорю, — от чего тебя спасать-то?"

"Защитите! Пожалейте!"

"Да что ты, — говорю, — блажишь? Не сама ли же, — говорю, — ты просила?"

А она опять берет себя руками за щеки да вопит: "Душечка, душечка, пусть завтра, пусть, — говорит, — хоть послезавтра!"

Ну, вижу, нечего ее, дуру, слушать, хлопнула дверью и ушла. Приедет, думаю, он сюда — сами поладят. Не одну уж такую-то я видела: все они попервоначалу благи бывают. Что ты на меня так смотришь? Это, поверь, я правду говорю: все так-то убиваются.

— Продолжайте, — говорю, — Домна Платоновна.

— Что ж, ты думаешь, она, поганка, сделала?

— А кто ее знает, что ее черт угораздил сделать! — сорвалось у меня со злости.

— Уж именно правда твоя, что черт ее угораздил, — отвечала с похвалою моей прозорливости Домна Платоновна. — Этакого человека, этакую вельможу она, шельмовка этакая, и в двери не пустила!.. Стучал-стучал, звонил-звонил — она тебе хоть бы ему голос какой подала. Вот ведь какая хитростная — на что отважилась! Сидит запершись, словно ее и духу там нет. Захожу я вечерком к нему — сейчас меня впустили — и спрашиваю: "Ну что, — говорю, — обманула я вас, ваше превосходительство?" — а он туча тучей. Рассказывает мне все, как он был и как ни с чем назад пошел.

"Этак, — говорит, — Домна Платоновна, любезная моя, с порядочными людьми не поступают".

"Батюшка, — говорю, — да как это можно! верно, — говорю, — она куда на минутую выходила или что такое — не слыхала", — ну, а сама себе думаю: "Ах ты, варварка! ах ты, злодейка этакая! страмовщица ты!"

"Пожалуйте, — прошу его, — ваше превосходительство, завтра — верно вам ручаюсь, что все будет как должно".

Да ушедши-то от него домой, да бегом, да бегом. Прибегаю, кричу:

"Варварка! варварка! что ж ты это, варварка, со мной наделала? С каким ты меня человеком, может быть, расстроила? Ведь ты, — говорю, — сама со всей твоей родней-то да и с целой губернией-то с вашей и сапога его одного отоптанного не стоишь! Он, — говорю, — в прах и в пепел всех вас и все начальство-то ваше истереть одной ногой может. Чего ж ты, бездельница этакая, модничаешь? Даром я, что ли, тебя кормлю? Я бедная женщина; я на твоих же глазах день и ночь постоянно отягощаюсь; я на твоих же глазах веду самую прекратительную жизнь, да еще ты, — говорю, — щелчок ты этакой, нахлебница навязалась!"

И как уж я ее тут-то ругала! Как страшно я ее с сердцов

ругала, что ты не поверишь. Кажется б вот взяла я да глаза ей в сердцах повыцарапала.

Домна Платоновна сморгнула набежавшую на один глаз слезу и проговорила между строк: "Даже теперь жалко, как вспомню, как я ее тогда обидела".

"Гольтепа ты дворянская! — говорю ей, — вон от меня! вон, чтоб и дух твой здесь не пах!" — и даже за рукав ее к двери бросила. Ведь вот, ты скажи, что с сердцов человек иной раз делает: сама назавтри к ней такого грандеву пригласила, а сама ее нынче же вон выгоняю! Ну, а она — на эти мои слова сейчас и готова — и к двери.

У меня уж было и сердце все проходить стало, как она все это стояла-то да молчала, а уж как она по моему по последнему слову к двери даже обернулась, я опять и вскипела.

"Куда, куда, — говорю, — такая-сякая, ты летишь?"

Уж и сама даже не помню, какими ее словами опять изругала.

"Оставайся, — говорю, — не смей ходить!.."

"Нет, я, — говорит, — пойду".

"Как пойдешь? как ты смеешь идтить?"

"Что ж, — говорит, — вы, Домна Платоновна, на меня сердитесь, так лучше же мне уйти".

"Сержусь! — говорю. — Нет, я мало что на тебя сержусь, я тебя буду бить".

Она вскрикнула, да в дверь, а я ее за ручку, да назад, да тут-то сгоряча оплеух с шесть таки горячих ей и закатила.

"Воровка ты, — говорю, — а не дама", — кричу на нее; а она стоит в уголке, как я ее оттрепала, и вся, как кленов лист, трясется, но и тут, заметь, свою анбицию дворянскую почувствовала.

"Что ж, — говорит, — такое я у вас украла?"

"Космы-то, — говорю, — патлы-то свои подбери, — потому я ей всю прическу расстроила. — То, — говорю, — ты у меня украла, что я тебя, варварку, поила-кормила две недели; обула-одела тебя; я, — говорю, — на всякий час отягощаюсь, я веду прекратительную жизнь, да еще через тебя должна куска хлеба лишиться, как ты меня с таким человеком поссорила!"

Смотрю, она потихоньку косы свои опять в пучок подвернула, взяла в ковшик холодной коды — умылась: голову расчесала и села. Смирно сидит у окошечка, только все жестяное зеркальце потихонечку к щекам прикладывает. Я будто не смотрю на нее, раскладываю по столу кружева, а сама вижу, что щеки-то у нее так и горят.

"Ах, — думаю, — напрасно ведь это я, злодейка, так уж очень ее обидела!"

Все, что стою над столом да думаю — то все мне ее жалче; что стою думаю — то все жалче.

Ахти мне, горе с моим добрым сердцем! Никак я с своим сердцем не совладаю. И досадно, и знаю, что она виновата и вполне того заслужила, а жалко.

Выскочила я на минуточку на улицу — тут у нас, в вашем же доме, под низом кондитерская, — взяла десять штучек песочного пирожного и прихожу; сама поставила самовар; сама чаю чашку ей налила и подаю с пирожным. Она взяла из моих рук чашку и пирожное взяла, откусила кусочек, да меж зубов и держит. Кусочек держит, а сама вдруг улыбается, улыбается, и весело улыбается, а слезы кап-кап-кап, так и брызжут; таки вот просто не текут, а как сок из лимона, если подавишь, брызжут.

"Полно, — говорю, — не обижайся".

"Нет, — говорит, — я ничего, я ничего, я ничего..." — да как зарядила это: "я ничего" да "я ничего" — твердит одно, да и полно.

"Господи! — думаю, — уж не сделалось ли ей помрачение смыслов?" Водой на нее брызнула; она тише, тише и успокоилась: села в уголку на постелишке и сидит. А меня все, знаешь, совесть мутит, что я ее обидела. Помолилась я богу — прочитала, как еще в Мценске священник учил от запаления ума: "Благого царя благая мати, пречистая и чистая", — и сняла с себя капотик, и подхожу к ней в одной юбке, и говорю: "Послушай ты меня, Леканида Петровна! В Писании читается: "да не зайдет солнце во гневе вашем"; прости же ты меня за мою дерзость; давай помиримся!" — поклонилась ей до земли и взяла ее руку поцеловала: вот тебе, ей-богу, как завтрашний день хочу видеть, так поцеловала. И она, смотрю, наклоняется ко мне и в плечо меня чмок, гляжу — и тоже мою руку поцеловала, и сами мы между собою обе друг дружку обняли и поцеловались.

"Друг мой, — говорю, — ведь я не со злости какой или не для своей корысти, а для твоего же добра!" — толкую ей и по головке ее ласкаю, а она все этак скороговоркой:

"Хорошо, хорошо; благодарю вас, Домна Платоновна, благодарю".

"Вот он, — говорю, — завтра опять приедет".

"Ну что ж, — говорит, — ну что ж! очень хорошо, пусть приезжает".

Я ее опять по головке гляжу, волоски ей за ушко заправляю, а она сидит и глазком с лампады не смигнет.

Ланпад горит перед образами таково тихо, сияние от икон на нее идет, и вижу, что она вдруг губами все шевелит, все шевелит.

"Что ты, — спрашиваю, — душечка, богу это, что ли, молишься?"

"Нет, — говорит, — это я, Домна Платоновна, так".

"Что ж, — говорю, — я думала, что ты это молишься, а так самому с собой разговаривать, друг мой, не годится. Это только одни помешанные сами с собою разговаривают".

"Ах, — отвечает она мне, — я, — говорит, — Домна Платоновна, уж и сама думаю, что я, кажется, помешанная. На что я только иду! на что я это иду!" — заговорила она вдруг, и в грудь себя таково изо всей силы ударяет.

"Что ж, — говорю, — делать? Так тебе, верно, путь такой тяжелый назначен".

"Как, — говорит, — такой мне путь назначен? Я была честная девушка! я была честная жена! Господи! господи! да где же ты? Где же, где бог?"

"Бога, — говорю, — читается, друг мой, никто же виде и нигде же".

"А где же есть сожалительные, добрые христиане? Где они? где?"

"Да здесь, — говорю, — и христиане".

"Где?"

"Да как где? Вся Россия — все христиане, и мы с тобой христианки".

"Да, да, — говорит, — и мы христианки..." — и сама, вижу, эти слова выговаривает и в лице страшная становится. Словно она с кем с невидимым говорит.

"Фу, — говорю, — да сумасшедшая ты, что ли, в самом деле? что ты меня пужаешь-то? что ты ропот-то на создателя своего произносишь?"

Смотрю: сейчас она опять смирилась, плачет опять тихо и рассуждает:

"Из-за чего, — говорит, — это я только все себе наделала? Каких я людей слушала? Разбили меня с мужем; натолковали мне, что он и тиран и варвар, когда это совсем неправда была, когда я, я сама, презренная и низкая капризница, я жизнь его отравляла, а не покоила. Люди! подлые вы люди! сбили меня; насулили мне здесь горы золотые, а не сказали про реки огненные. Муж меня теперь бросил, смотреть на меня не хочет, писем моих не читает. А завтра я... бррр...х!"

Вся даже задрожала.

"Маменька! — стала звать, — маменька! если б ты меня

теперь, душечка, видела? Если б ты, чистенький ангел мой, на меня теперь посмотрела из своей могилки? Как она нас, Домна Платоновна, воспитывала! Как мы жили хорошо; ходили всегда чистенькие; все у нас в доме было такое хорошенькое; цветочки мама любила; бывало, — говорит, — возьмет за руки и пойдем двое далеко... в луга пойдем..."

Тут-то, знаешь ты, сон у меня удивительный — слушала я, как это хорошо все она вспоминает, и заснула.

Ну, представь же ты теперь себе: сплю это; заснула у нее, на ее постеленке, и как пришла к ней, совсем даже в юбке заснула, и опять тебе говорю, что сплю я свое время крепко, и снов никогда никаких не вижу, кромя как разве к какому у меня воровству; а тут все это мне видятся рощи такие, палисадники и она, эта Леканида Петровна. Будто такая она маленькая, такая хорошенькая: головка у нее русая, вся в кудряшках, и носит она в ручках веночек, а за нею собачка, такая беленькая собачка, и все на меня гам-гам, гам-гам — будто сердится и укусить меня хочет. Я будто нагинаюсь, чтоб поднять палочку, чтоб эту собачку от себя отогнать, а из земли вдруг мертвая ручища: хвать меня вот за самое за это место, за кость. Вскинулась я, смотрю — свое время я уж проспала и руку страсть как неловко перележала. Ну, оделась я, помолилась богу и чайку напилась, а она все спит.

"Пора, — говорю, — Леканида Петровна, вставать; чай, — говорю, — на конфорке стоит, а я, мой друг, ухожу".

Поцеловала ее на постели в лоб, истинно говорю тебе, как дочь родную жалеючи, да из двери-то выходя, ключик это потихоньку вынула да в карман.

"Так-то, — думаю, — дело честнее будет".

Захожу к генералу и говорю: "Ну, ваше превосходительство, теперь дело не мое. Я свое сделала — пожалуйте поскорей", — и ему отдала ключ.

— Ну-с, — говорю, — милая Домна Платоновна, не на этом же все кончилось?

Домна Платоновна засмеялась и головой закачала с таким выражением, что смешны, мол, все люди на белом свете.

— Прихожу я домой нарочно попозже, смотрю — огня нет.

"Леканида Петровна!" — зову.

Слышу, она на моей постели ворочается.

"Спишь?" — спрашиваю; а самое меня, знаешь, так смех и подмывает.

"Нет, не сплю", — отвечает.

"Что ж ты огня, мол, не засветишь?"

"На что ж он мне, — говорит, — огонь?"

Зажгла я свечу, раздула самоваришку, зову ее чай пить.

"Не хочу, — говорит, — я", — а сама все к стенке заворачивается.

"Ну, по крайности, — говорю, — встань же, хоть на свою постель перейди: мне мою постель надо поправить".

Вижу, поднимается, как волк угрюмый. Взглянула исподлобья на свечу и глаза рукой заслоняет.

"Что ты, — спрашиваю, — глаза закрываешь?"

"Больно, — отвечает, — на свет смотреть".

Пошла, и слышу, как была опять совсем в платье одетая, так и повалилась.

Разделась и я как следует, помолилась богу, но все меня любопытство берет, как тут у них без меня были подробности? К генералу я побоялась идти: думаю, чтоб опять афронта [отпора, оскорбления (франц.)] какого не было, а ее спросить даже следует, но она тоже как-то не допускает. Дай, думаю, с хитростью к ней подойду. Вхожу к ней в каморку и спрашиваю:

"Что, никого, — говорю, — тут, Леканида Петровна, без меня не было?"

Молчит.

"Что ж, — говорю, — ты, мать, и ответить не хочешь?"

А она с сердцем этак: "Нечего, — говорит, — вам меня расспрашивать".

"Как же это, — говорю, — нечего мне тебя расспрашивать? Я хозяйка".

"Потому, — говорит, — что вы без всяких вопросов очень хорошо все знаете", — и это, уж я слышу, совсем другим тоном говорит.

Ну, тут я все дело, разумеется, поняла.

Она только вздыхает; и пока я улеглась и уснула — все вздыхает.

— Это, — говорю, — Домна Платоновна, уж и конец?

— Это первому действию, государь мой, конец.

— А во втором-то что же происходило?

— А во втором она вышла против меня мерзавка — вот что во втором происходило.

— Как же, — спрашиваю, — это, Домне Платоновна, очень интересно, как так это сделалось?

— А так, сударь мой, и сделалось, как делается: силу человек в себе почуял, ну сейчас и свиньей стал.

— И вскоре, — говорю, — это она так к вам переменилась?

— Тут же таки. На другой день уж всю это свою козью прыть показала. На другой день я, по обнакновению, в свое время встала, сама поставила самовар и села к чаю около ее постели в каморочке, да и говорю: "Иди же, — говорю, — Леканида Петровна, умывайся да богу молись, чай пора пить". Она, ни слова не говоря, вскочила и, гляжу, у нее из кармана какая-то бумажка выпала. Нагинаюсь я к этой бумажке, чтоб поднять ее, а она вдруг сама, как ястреб, на нее бросается.

"Не троньте!" — говорит, и хап ее в руку.

Вижу, бумажка сторублевая.

"Что ж ты, — говорю, — так, матушка, рычишь?"

"Так хочу, так и рычу".

"Успокойся, — говорю, — милая; я, слава богу, не Дисленьша, в моем доме никто у тебя твоего добра отнимать не станет".

Ни слова она мне в ответ не сказала: мой чай пьет и на меня ж глядеть не хочет; возьми ты это, хоть кому-нибудь доведися — станет больно. Ну, однако, я ей это спустила, думала, что она это еще в расстройке, и точно, вижу, что как это ворот-то у нее в рубашке широкий, так видно, знаешь, как грудь-то у ней так вот и вздрагивает, и на что, я тебе сказывала, была она собою телом и бела и розовая, точно пух в атласе, а тут, знаешь, будто вдруг она какая-то темная мне показалась телом, и все у нее по голым плечам-то сиротки вспрыгивают, пупырышки эти такие, что вот с холоду когда выступают. Холеной неженке первый снежок труден. Я ее даже молча и пожалела еще и никак себе не воображала, какая она ехидная.

Вечером прихожу: гляжу — она сидит перед свечкой и рубашку себе новую шьет, а на столе перед ней еще так три, не то четыре рубашки лежат прикроенные.

"Почем, — спрашиваю, — брала полотно?"

А она этак тихо-тихохонько мне вот что отвечает:

"Я, — говорит, — Домна Платоновна, желала вас просить: оставьте вы меня, пожалуйста, с вашими разговорами".

Смотрю, вид у нее такой покойный, будто совсем и не сердится. "Ну, — думаю, — матушка, когда ты такая, так и я же к тебе стану иная".

"Я, — говорю ей, — Леканида Петровна, в своем доме хозяйка и все говорить могу; а тебе если мои разговоры неприятны, так не угодно ли, — говорю, — отправляться куда угодно".

"И не беспокойтесь, — говорит, — я и отправлюсь".

"Только прежде всего надо, — я говорю, — рассчитаться: честные люди, не рассчитавшись, не съезжают".

"Опять, — говорит, — не беспокойтесь".

"Я, — отвечаю, — не беспокоюсь", — ну, только считаю ей за полтора месяца за квартиру десять рублей и что пила-ела пятнадцать рублей, да за чай, говорю, положим хоть три целковых, тридцать один целковый, говорю. За свечи тут-то не посчитала, и что в баню с собой два раза ее брала, и то тоже забыла.

"Очень хорошо-с, — отвечает, — все будет вам заплачено".

На другой день вечером ворочаюсь опять домой, застаю ее, что она опять сидит себе рубашку шьет, а на стенке, так насупротив ее, на гвоздике висит этакой бурнус, черный атласный, хороший бурнус, на гроденаплевой подкладке и на пуху. Закипело у меня, знаешь, что все это через меня, через мое радетельство получила, да еще без меня же, словно будто потойму от меня справляет.

"Бурнусы-то, — говорю, — можно б, мне кажется, погодить справлять, а прежде б с долгами расчесться".

Она на эти мои слова сейчас опущает белу рученьку в карман; вытаскивает оттуда бумажку и подает. Смотрю, в этой бумажке аккурат тридцать и один целковый.

Взяла я деньги и говорю: "Благодарствуйте, — говорю, — Леканида Петровна". Уж "вы" ей, знаешь, нарочно говорю.

"Не за что-с, — отвечает, — а сама и глаз на меня даже с работы не вскинет; все шьет, все шьет; так игла-то у нее и летает.

"Постой же, — думаю, — змейка ты зеленая; не очень еще ты чванься, что ты со мною расплатилась".

"Это, — говорю, — Леканида Петровна, вы мне мои расходы вернули, а что ж вы мне за мои за хлопоты пожалуете?"

"За какие, — спрашивает, — за хлопоты?"

"Как же, — говорю, — я вам стану объяснять? сами, чай, понимаете".

А она это шьет, наперстком-то по рубцу водит, да и говорит, не глядя: "Пусть, — говорит, — вам за эти ваши милые хлопоты платит тот, кому они были нужны".

"Да ведь вам, — говорю, — они больше всех нужны-то были".

"Нет, мне, — говорит, — они не были нужны. А впрочем, сделайте милость, оставьте меня в покое".

Довольно с тебя этой дерзости! Но я и ею пренебрегла. Пренебрегла и оставила, и не говорю с нею, и не говорю.

Только наутро, где бы пить чай, смотрю — она убралась; рубашку эту, что ночью дошила, на себя надела, недошитые свернула в платочек; смотрю, нагинается, из-под кровати вытащила кордонку, шляпочку оттуда достает... Прехорошенькая шляпочка... все во всем ее вкусе... Надела ее и говорит: "Прощайте, Домна Платоновна".

Жаль мне ее опять тут, как дочь родную, стало: "Постой же, — говорю ей, — постой, хоть чаю-то напейся!"

"Покорно благодарю, — отвечает, — я у себя буду пить чай".

Понимай, значит, то, что у себя! Ну, бог с тобой, я и это мимо ушей пустила.

"Где ж, — говорю, — ты будешь жить?"

"На Владимирской, — говорит, — в Тарховом доме".

"Знаю, — говорю, — дом отличный, только дворянки большие повесы".

"Мне, — говорит, — до дворников деда нет".

"Разумеется, — говорю, — мой друг, разумеется! Комнатку себе, что ли, наняла?"

"Нет, — отвечает, — квартиру взяла, с кухаркой буду жить".

Вон, вижу, куда заиграло! "Ах ты, хитрая! — говорю, — хитрая! — шутя на нее, знаешь, пальцем грожусь. — Зачем же, — говорю, — ты меня обманывала-то, говорила, что к мужу-то поедешь?"

"А вы, — говорит, — думаете, что я вас обманывала?"

"Да уж, — отвечаю, — что тут думать! когда б имела желание ехать, то, разумеется, не нанимала б тут квартиры".

"Ах, — говорит, — Домна Платоновна, как мне вас жалко! ничего вы не понимаете".

"Ну, — говорю, — уж не хитри, душечка! Вяжу, что ты умно обделала дельце".

"Да вы, — говорит, — что это толкуете! Разве такие мерзавки, как я, к мужьям ездят?"

"Ах, мать ты моя! что ты это, — отвечаю, — себя так уж очень мерзавишь! И в пять раз мерзавней тебя, да с мужьями живут".

А она, уж совсем это на пороге-то стоючи, вдруг улыбнулась, да и говорит: "Нет, извините меня, Домна Платоновна, я на вас сердилась; ну, а вижу, что на вас нельзя сердиться, потому что вы совсем глупы".

Это вместо прощанья-то! нравится это тебе? "Ну, — подумала я ей вслед, — глупа-неглупа, а, видно, умней тебя, потому, что я захотела, то с тобой, с умницей, с воспитанной, и сделала".

Так она от меня сошла, не то что с ссорою, а все как с небольшим удовольствием. И не видала я ее с тех пор, и не видала, я думаю, больше как год. В это-то время у меня тут как-то работку бог давал: четырех купцов я женила; одну полковницкую дочь замуж выдала; одного надворного советника на вдове, на купчихе, тоже женила, ну и другие разные дела тоже перепадали, а тут это товар тоже из своего места насылали — так время и прошло. Только вышел тут такой случай: была я один раз у этого самого генерала, с которым Леканидку-то познакомила: к невестке его зашла. С сыном-то с его я давно была знакома: такой тоже весь в отца вышел. Ну, прихожу я к невестке, мантиль блондовую она хотела дать продать, а ее и нет: в Воронеж, говорят, к Митрофанию-угоднику поехала.

"Зайду, — думаю, — по старой памяти к барину".

Всхожу с заднего хода, никого нет. Я потихонечку топы-топы, да одну комнату прошла и другую, и вдруг, сударь ты мой, слышу Леканидкин голос: "Шарман мой! — говорит, — я, — говорит, — люблю тебя; ты одно мое счастье земное!"

"Отлично, — думаю, — и с папенькой и с сыночком романсы проводит моя Леканида Петровна", да сама опять топы-топы да теми же пятами вон. Узнаю-поузнаю, как это она познакомилась с этим, с молодым-то, — аж выходит, что жена-то молодого сама над нею сжалилась, навещать ее стала потихоньку, все это, знаешь, жалеючи ее, что такая будто она дамка образованная да хорошая; а она, Леканидка, ей, не хуже как мне, и отблагодарила. Ну, ничего, не мое это, значит, дело; знаю и молчу; даже еще покрываю этот ее грех, и где следует виду этого не подаю, что знаю. Прошло опять чуть не с год ли. Леканидка в ту пору жила в Кирпичном переулке. Собиралась я это на средокрестной неделе говеть и иду этак по Кирпичному переулку, глянула на дом-то да думаю: как это нехорошо, что мы с Леканидой Петровной такое время поссорившись; тела и крови готовясь принять — дай зайду к ней, помирюсь! Захожу. Парад такой в квартире, что лучше требовать нельзя. Горничная — точно как барышня.

"Доложите, — говорю, — умница, что, мол, кружевница Домна Платоновна желает их видеть?".

Пошла и выходит, говорит: "Пожалуйте".

Вхожу в гостиную; таково тоже все парадно, и на диване ендит это сама Леканидка и генералова невестка с ней: обе кофий кушают. Встречает меня Леканидка будто и ничего, будто со вчера всего только не видались.

Я тоже со всей моей простотой: "Славно, — говорю, — живешь, душечка; дай бог тебе и еще лучше".

А она с той что-то вдруг и залопотала по-французски. Не понимаю я ничего по-ихнему. Сижу, как дура, глазею по комнате, да и зевать стала.

"Ах, — говорит вдруг Леканидка, — не хотите ли вы. Домна Платоновна, кофию?"

"Отчего ж, — говорю, — позвольте чашечку".

40

Она это сейчас звонит в серебряный колокольчик и приказывает своей девке: "Даша, — говорит, — напойте Домну Платоновну кофием".

Я, дура, этого тогда сразу-то и не поняла хорошенько, что такое значит напойте; только смотрю, так минут через десять эта самая ее Дашка входит опять и докладывает: "Готово, — говорит, — сударыня".

"Хорошо, — говорит ей в ответ Леканидка, да и оборачивается ко мне: — Подите, — говорит, — Домна Платоновна: она вас напоит.".

Ух, уж на это меня взорвало! Сверзну я ее, подумала себе, но удержалась. Встала и говорю: "Нет, покорно вас благодарю, Леканида Петровна, на вашем угощении. У меня, — говорю, — хоть я и бедная женщина, а у меня и свой кофий есть".

"Что ж, — говорит, — это вы так рассердились?"

"А то, — прямо ей в глаза говорю, — что вы со мной мою хлеб-соль вместе кушивали, а меня к своей горничной посылаете: так это мне, разумеется, обидно".

"Да моя, — говорит, — Даша — честная девушка; ее общество вас оскорблять не может", — а сама будто, показалось мне, как улыбается.

"Ах ты, змея, — думаю, — я тебя у сердца моего пригрела, так ты теперь и по животу ползешь!" "Я, — говорю, — у этой девицы чести ее нисколько не снимаю, ну только не вам бы, — говорю, — Леканида Петровна, меня с своими прислугами за один стол сажать".

"А отчего это, — спрашивает, — так. Домна Платоновна, не мне?"

"А потому, — говорю, — матушка, что вспомни, что ты была, и посмотри, что ты есть и кому ты всем этим обязана".

"Очень, — говорит, — помню, что была я честной женщиной, а теперь я дрянь и обязана этим вам, вашей доброте, Домна Платоновна".

"И точно, — отвечаю, — речь твоя справедлива, прямая ты дрянь. В твоем же доме, да ничего не боясь, в глаза тебе эти слова говорю, что ты дрянь. Дрянь ты была, дрянь и есть, а не я тебя дрянью сделала".

А сама, знаешь, беру свой саквояж.

"Прощай, — говорю, — госпожа великая!"

А эта генеральская невестка-то чахоточная как вскочит, дохлая: "Как вы, — говорит, — смеете оскорблять Леканиду Петровну!"

"Смею, — говорю, — сударыня!"

"Леканида Петровна, — говорит, — очень добра, но я,

наконец, не позволю обижать ее в моем присутствии: она мой друг".

"Хорош, — говорю, — друг!"

Тут и Леканидка, гляжу, вскочила да как крикнет: "Вон, — говорит, — гадкая ты женщина!"

"А! — говорю, — гадкая я женщина? Я гадкая, да я с чужими мужьями романсов не провождаю. Какая я ни на есть, да такого не делала, чтоб и папеньку и сыночка одними прелестями-то своими прельщать! Извольте, — говорю, — сударыня, вам вашего друга, уж вполне, — говорю, — друг".

"Лжете, — говорит, — вы! Я не поверю вам, вы это со злости на Леканиду Петровну говорите".

"Ну, а со злости, так вот же, — говорю, — теперь ты меня, Леканида Петровна, извини; теперь, — говорю, — уж я тебя сверзну", — и все, знаешь, что слышала, что Леканидка с мужем-то ее тогда чекотала, то все им и высыпала на стол, да и вон.

— Ну-с, — говорю, — Домна Платоновна?

— Бросил ее старик после этого скандала.

— А молодой?

— Да с молодым нешто у нее интерес был какой! С молодым у нее, как это говорится так, — пур-амур любовь шла. Тоже ведь, гляди ты, шушваль этакая, а без любви никак дышать не могла. Как же! нельзя же комиссару без штанов быть. А вот теперь и без любви обходится.

— Вы, — говорю, — почему это знаете, что обходится?

— А как же не знаю! Стало быть, что обходится, когда живет в такой жизни, что нынче один князь, а завтра другой граф; нынче англичанин, завтра итальянец иди ишпанец какой. Уж тут, стало, не любовь, а деньги. Бзырит[10] по магазинам да по Невскому в такой коляске лежачей на рысаках катается...

— Ну, так вы с тех пор с нею и не встречаетесь.

— Нет. Зла я на нее не питаю, но не хожу к ней. Бог с нею совсем! Раз как-то на Морской нынче по осени выхожу от одной дамы, а она на крыльцо всходит. Я таки дала ей дорогу и говорю: "Здравствуйте, Леканида Петровна!" — а она вдруг, зеленая вся, наклонилась ко мне, с крылечка-то, да этак к самому к моему лицу, и с ласковой такой миной отвечает: "Здравствуй, мерзавка!"

Я даже не утерпел и рассмеялся.

— Ей-богу! "Здравствуй, — говорит, — мерзавка!" Хотела я

---

[10] Бзырит (диалект.) — рыскает, бегает.

ей тут-то было сказать: не мерзавь, мол, матушка, сама ты нынче мерзавка, да подумала, что лакей-то этот за нею, и зонтик у него большой в руках, так уж проходи, думаю, налево, французская королева.

4

Со времени сообщения мне Домною Платоновной повести Леканиды Петровны прошло лет пять. В течение этих пяти лет я уезжал из Петербурга и снова в него возвращался, чтобы слушать его неумолчный грохот, смотреть бледные, озабоченные и задавленные лица, дышать смрадом его испарений и хандрить под угнетающим впечатлением его чахоточных белых ночей, — Домна Платоновна была все та же. Везде она меня как-то случайно отыскивала, встречалась со мной с дружескими поцелуями и объятиями и всегда неустанно жаловалась на злокозненные происки человеческого рода, избравшего ее, Домну Платоновну, своей любимой жертвой и каким-то вечным игралищем. Много рассказала мне Домна Платоновна в эти пять лет разных историй, где она была всегда попрана, оскорблена и обижена за свои же добродетели и попечения о нуждах человеческих.

Разнообразны, странны и многообильны всякими приключениями бывали эти интересные и бесхитростные рассказы моей добродушной Домны Платоновны. Много я слышал от нее про разные свадьбы, смерти, наследства, воровства-кражи и воровства-мошенничества, про всякий нагольный и крытый разврат, про всякие петербургские мистерии и про вас, про ваши назидательные похождения, мои дорогие землячки Леканиды Петровны, про вас, везущих сюда с вольной Волги, из раздольных степей саратовских, с тихой Оки и из золотой благословенной Украины свои свежие, здоровые тела, свои задорные, но незлобивые сердца, свои безумно смелые надежды на рок, на случай, на свои ни к чему не годные здесь силы и порывания.

Но возвращаемся к нашей приятельнице Домне Платоновне. Вас, кто бы вы ни были, мой снисходительный читатель, не должно оскорблять, что я назвал Домну Платоновну нашей общей приятельницей. Предполагая в каждом читателе хотя самое малое знакомство с Шекспиром, я

43

прошу его припомнить то гамлетовское выражение, что "если со всяким человеком обращаться по достоинству, то очень немного найдется таких, которые не заслуживали бы порядочной оплеухи"[11]. Трудно бывает проникнуть во святая святых человека!

Итак, мы с Домной Платоновной все водили хлеб-соль и дружбу; все она навещала меня и вечно, поспешая куда-нибудь по делу, засиживалась по целым часам на одном месте. Я тоже был у Домны Платоновны два или три раза в ее квартире у Знаменья и видел ту каморочку, в которой укрывалась до своего акта отречения Леканида Петровна, видел ту кондитерскую, в которой Домна Платоновна брала песочное пирожное, чтобы подкормить ее и утешить; видел, наконец, двух свежепривозных молодых "дамок", которые прибыли искать в Петербурге счастья и попали к Домне Платоновне "на Леканидкино место"; но никогда мне не удавалось выведать у Домны Платоновны, какими путями шла она и дошла до своего нынешнего положения и до своих оригинальных убеждений насчет собственной абсолютной правоты и всеобщего стремления ко всякому обману. Мне очень хотелось знать, что такое происходило с Домной Платоновной прежде, чем она зарядила: "Э, ге-ге, нет уж ты, батюшка, со мной, сделай милость, не спорь; я уж это лучше тебя знаю". Хотелось знать, какова была та благословенная купеческая семья на Зуше, в которой (то есть в семье) выросла этакая круглая Домна Платоновна, у которой и молитва, и пост, и собственное целомудрие, которым она хвалилась, и жалость к людям сходились вместе с сватовскою ложью, артистическою наклонностью к устройству коротеньких браков не любви ради, а ради интереса, и т.п. Как это, я думал, все пробралось в одно и то же толстенькое сердце и уживается в нем с таким изумительным согласием, что сейчас одно чувство толкает руку отпустить плачущей Леканиде Петровне десять пощечин, а другое поднимает ноги принести ей песочного пирожного; то же сердце сжимается при сновидении, как мать чистенько водила эту Леканиду Петровну, и оно же спокойно бьется, приглашая какого-то толстого борова поспешить как можно скорее запачкать эту Леканиду Петровну, которой теперь нечем и запереть своего тела!

Я понимал, что Домна Платоновна не преследовала этого дела в виде промысла, а принимала по-питерски, как какой-то

---

[11] Слова Гамлета в одноименной трагедии Шекспира (II акт, 2-я сцена).

неотразимый закон, что женщине нельзя выпутаться из беды иначе, как на счет своего собственного падения. Но все-таки, что же ты такое, Домна Платоновна? Кто тебя всему этому вразумил и на этот путь поставил? Но Домна Платоновна, при всей своей словоохотливости, терпеть не могла касаться своего прошлого.

Наконец неожиданно вышел такой случай, что Домна Платоновна, совершенно ненароком и без всяких с моей стороны подходов, рассказала мне, как она была проста и как "они" ее вышколили и довели до того, что она теперь никому на синь-порох не верит. Не ждите, любезный читатель, в этом рассказе Домны Платоновны ничего цельного. Едва ли он много поможет кому-нибудь выяснить себе процесс умственного развитии этой петербургский деятельницы. Я передаю вам дальнейший рассказ Домны Платоновны, чтобы немножко вас позабавить и, может быть, дать вам случай один лишний раз призадуматься над этой тупой, но страшной силой "петербургских обстоятельств", не только создающих и вырабатывающих Домну Платоновну, но еще предающих в ее руки лезущих в воду, не спрося броду, Леканид, для которых здесь Домна становится тираном, тогда как во всяком другом месте она сама чувствовала бы себя перед каждою из них парией или много что шутихой.

5

Был я в Петербурге болен и жил в то время в Коломне. Квартира у меня, как выразилась Домна Платоновна, "была какая-то особенная". Это были две просторные комнаты в старинном деревянном доме у маленькой деревянной купчихи, которая недавно схоронила своего очень благочестивого супруга и по вдовьему положению занялась ростовщичеством, а свою прежнюю опочивальню, вместе с трехспальною кроватью, и смежную с спальней гостиную комнату, с громадным киотом, перед которым ежедневно маливался ее покойник, пустила внаем.

У меня в так называемом зале были: диван, обитый настоящею русской кожей; стол круглый, обтянутый полинявшим фиолетовым плисом с совершенно бесцветною шелковою бахромою; столовые часы с медным арапом; печка с

45

горельефной фигурой во впадине, в которой настаивалась настойка; длинное зеркало с очень хорошим стеклом и бронзовою арфою на верхней доске высокой рамы. На стенах висели: масляный портрет покойного императора Александра I; около него, в очень тяжелых золотых рамах за стеклами, помещались литографии, изображавшие четыре сцены из жизни королевы Женевьевы; император Наполеон по инфантерии и император Наполеон по кавалерии; какая-то горная вершина; собака, плавающая на своей конуре, и портрет купца с медалью на анненской ленте. В дальнем углу стоял высокий, трехъярусный образник с тремя большими иконами с темными ликами, строго смотревшими из своих блестящих золоченых окладов; перед образником лампада, всегда тщательно зажигаемая моею набожной хозяйкой, а внизу под образами шкафик с полукруглыми дверцами и бронзовым кантом на месте створа. Все это как будто не в Петербурге, а будто на Замоскворечье или даже в самом городе Мценске. Спальня моя была еще более мценская; даже мне казалось, что та трехспальная постель, в пуховиках которой я утопал, была не постель, а именно сам Мценск, проживающий инкогнито в Петербурге. Стоило только мне погрузиться в эти пуховые волны, как какое-то снотворное, маковое покрывало тотчас надвигалось на мои глаза и застилало от них весь Петербург с его веселящейся скукой и скучающей веселостью. Здесь, при этой-то успокоивающей мценской обстановке, мне снова довелось всласть побеседовать с Домной Платоновной.

Я простудился, и врач велел мне полежать в постели.

Раз, так часу в двенадцатом серенького мартовского дня, лежу я, уже выздоравливающий, и, начитавшись досыта, думаю: "Не худо, если бы кто-нибудь и зашел", да не успел я так подумать, как словно с этого моего желания сталось — дверь в мою залу скрипнула, и послышался веселый голос Домны Платоновны:

— Вот как это у тебя здесь прекрасно! и образа, и сияние перед божьим благословением — очень-очень даже прекрасно.

— Матушка, — говорю, — Домна Платоновна, вы ли это?

— Да некому, — отвечает, — друг мой, и быть, как не мне. Поздоровались.

— Садитесь! — прошу Домну Платоновну.

Она села на креслице против моей постели и ручки свои с белым платочком на коленочки положила.

— Чем так хвораешь? — спрашивает.

— Простудился, — говорю.

— А то нынче очень много народу все на животы жалуются.

— Нет, я, — говорю, — я на живот не жалуюсь.

— Ну, а на живот не жалуешься, так это пройдет. Квартира у тебя нынче очень хороша.

— Ничего, — говорю, — Домна Платоновна.

— Отличная квартира. Я эту хозяйку, Любовь Петровну, давно знаю. Прекрасная женщина. Она прежде была испорчена и на голоса крикивала, да, верно, ей это прошло.

— Не знаю, — говорю, — что-то будто не слышно, не кричит.

— А у меня-то, друг мой, какое горе! — проговорила Домна Платоновна своим жалостным голосом.

— Что такое, Домна Платоновна?

— Ах, такое, дружочек, горе, такое горе, что... ужасное, можно сказать, и горе и несчастье, все вместе. Видишь, вон в чем я нынче товар-то ношу.

Посмотрел я, перегнувшись с кровати, и вижу на столике кружева Домны Платоновны, увязанные в черном шелковом платочке с белыми каемочками.

— В трауре, — говорю.

— Ах, милый, в трауре, да в каком еще трауре-то!

— Ну, а саквояж ваш где же?

— Да вот о нем-то, о саквояже-то, я и горюю. Пропал ведь он, мой саквояж.

— Как, — говорю, — пропал?

— А так, друг мой, пропал, что и по се два дни, как вспомню, так, господи, думаю, неужели ж таки такая я грешница, что ты этак меня испытуешь? Видишь, как удивительно это все случилось: видела я сон; вижу, будто приходит ко мне какой-то священник и приносит караваи, вот как, знаешь, в наших местах из каши из пшенной пекут. "На, — говорит, — тебе, раба, каравай". — "Батюшка, — говорю, — на что же мне и к чему каравай?" Так вот видишь, к чему он, этот каравай-то, вышел — к пропаже.

— Как же это, — спрашиваю, — Домна Платоновна, было?

— Было это, друг мой, очень удивительно. Ты знаешь купчиху Кошеверову?

— Нет, — говорю, — не знаю.

— А не знаешь, и не надо. Мы с ней приятельницы, и то есть даже не совсем и приятельницы, потому что она женщина преехидная и довольно даже подлая, ну, а так себе, знаешь, вот вроде как с тобой, знакомы. Зашла я к ней так-то, на свое несчастье, вечером да и засиделась. Все она, чтоб ей пусто было совсем, право, посиди да посиди, Домна Платоновна. Все ведь с жиру-то чем убивалась? что муж ее не ревнует, а чего ревновать, когда с рожи она престрашная и язык у нее такой пребольшущий, как у попугая. Рассказывает, болели у нее зубы, да лекарь велел ей поставить пиявицу врачебную к зубу, а фершалов мальчик ей эту пиявицу к языку припустил, и пошел у нее с тех пор в языке опух. Опять же таки у меня в этот вечер и дело было: к Пяти углам надо было в один дом сбегать к купцу — жениться тоже хочет; но она, эта Кошевериха, не пущает.

"Погоди, — говорит, — киевской наливочки выпьем, да Фадей Семенович, — говорит, — от всенощной придет, чайку напьемся: куда тебе спешить?"

"Как, — говорю, — мать, куда спешить?"

Ну, а сама все-таки, как на грех, осталась, да это то водочки, то наливочки, так налилась, что даже в голове у меня, чувствую, засточертело.

"Ну, — говорю ей, — извини, Варвара Петровна, очень тебе на твоем угощении благодарна, только уж больше пить не могу".

Она пристает, потчует, а я говорю:

"Лучше, мать моя, и не потчуй. Я свою плипорцию знаю и ни за что больше пить не стану".

"Сожителя, — говорит, — подожди".

"И сожителя, — говорю, — ждать не буду".

Стала на своем, что иду и иду, и только. Потому, знаешь, чувствую, что в голове-то уж у меня чертополох пошел. Выхожу это я, сударь ты мой, за ворота, поворачиваю на Разъезжую и думаю: возьму извозчика. Стоит тут сейчас на угле живейный[12], я и говорю:

"Что, молодец, возьмешь к Знаменью божьей матери?"

"Пятиалтынный".

"Ну, как, — отвечаю ему, — не пятиалтынный! пятачок".

А сама, знаешь, и иду по Разъезжей. Светло везде; фонари горят; газ в магазинах; и пешком, думаю, дойду, если не хочешь, варвар, пятачка взять, этакую близость проехать.

Только вдруг, сударь мой, порх этак передо мною какой-то господин. В пальте, в фуражке это, в калошах, ну одно слово — барин. И откуда это только он передо мною вырос, вот хоть убей ты меня, никак не понимаю.

"Скажите, — говорит, — сударыня (еще сударыней, подлец,

---

[12] Живейный — извозчик, возивший пассажиров (в отличие от ломового, возившего грузы).

назвал), скажите, — говорит, — сударыня, где тут Владимирская улица?"

"А вот, — говорю, — милостивый государь, как прямо-то пойдете, да сейчас будет переулок направо..." — да только это-то выговорила, руку-то, знаешь, поднявши ему указываю, а он дерг меня за саквояж.

"Наше, — говорит, — вам сорок одно да кланяться холодно", — да и мах от меня.

"Ах, — говорю, — ты варвар! ах, мерзавец ты этакой!" Все это еще за одну надсмешку только считаю. Но с этим словом глядь, а саквояжа-то моего нет.

"Батюшки! — заорала я что было у меня силы, во всю мою глотку. — Батюшки! — ору, — помогите! догоните его, варвара! догоните его, злодея!" И сама-то, знаешь, бегу-натыкаюсь и людей-то за руки ловлю, тащу: помогите, мол, защитите: саквояж мой сейчас унес какой-то варвар! Бегу, бегу, ажно ноженьки мои стали, а его, злодея, и след простыл. Ну, и то сказать, где ж мне, дыне этакой, его, пса подчегарого, догнать! Обернусь так-то на народ, крикну: "Варвары! что ж вы глазеете! креста на вас нет, что ли?" Ну, бегла, бегла да и стала. Стала и реву. Так ревма и реву, как дура. Сижу на тунбе да и реву. Собрался около меня народ, толкует: "Пьяная, должно быть".

"Ах вы, варвары, — говорю, — этакие! Сами вы пьяные, а у меня саквояж сейчас из рук украдено".

Тут городовой подошел. "Пойдем, — говорит, — тетка, в квартал".

Приводит меня городовой в квартал, я опять закричала.

Смотрю, из двери идет квартальный поручик и говорит:

"Что ты здесь, женщина, этак шумишь?"

"Помилуйте, — говорю, — ваше высокоблагородие, меня так и так сейчас обкрадено".

"Написать, — говорит, — бумагу".

Написали.

"Теперь иди, — говорит, — с богом".

Я пошла.

Прихожу через день: "Что, — говорю, — мой саквояж, ваше благородие?"

"Иди, — говорит, — бумаги твои пошли, ожидай".

Ожидаю я, ожидаю; вдруг в часть меня требуют. Приведи в этакую большую комнату, и множество там лежит этих саквояжев. Частный майор, вежливый этакой мужчина и собою красив, узнайте, говорит, ваш саквояж.

Посмотрела я — все не мои саквояжи.

"Нет-с, — говорю, — ваше высокоблагородие, нет здесь моего саквояжа".

"Выдайте, — приказывает, — ей бумагу".

"А в чем, — спрашиваю, — ваше высокоблагородие, мне будет бумага?"

"В том, — говорит, — матушка, что вас обкрадено".

— "Что ж, — докладываю ему, — мне по этой бумаге, ваше высокоблагородие?"

"А что ж, матушка, я вам еще могу сделать?"

Дали мне эту бумагу, что меня точно обкрадено, и идите, говорят, в благочинную управу. Прихожу я нонче в благочинную управу, подаю эту бумагу; сейчас выходит из дверей какой-то член, в полковницком одеянии, повел меня в комнату, где видимо-невидимо лежит этих саквояжев.

"Смотрите", — говорит.

"Вижу, мол, ваше высокоблагородие; ну только моего саквояжа нет".

"Ну, погодите, — говорит, — сейчас вам генерал на бумаге подпишет".

Сижу я и жду-жду, жду-жду; приезжает генерал: подали ему мою бумагу, он и подписал.

"Что ж это такое генерал подписали на моей бумаге?" — спрашиваю чиновника.

"А подписали, — отвечает, — что вас обкрадено". Держу эту бумагу при себе.

— Держите, — говорю, — Домна Платоновна.

— Неравно сыщется.

— Что ж, на грех мастера нет.

— Ох, именно уж нет на грех мастера! Что б это мне, кабы знатье-то, остаться у нее, у Кошеверихи-то, переночевать.

— Да хоть бы, — говорю, — уж на извозчика-то вы не пожалели.

— Об извозчике ты не говори; извозчик все равно такой же плут. Одна ведь у них у всех, у подлецов, стачка.

— Ну где, — говорю, — так уж у всех одна стачка! Разве их мало, что ли?

— Да вот ты поспорь! Я уж это мошенничество вот как знаю.

Домна Платоновна поднесла вверх крепко сжатый кулак и посмотрела на него с некоторой гордостью.

— Со мной извозчик-то, когда я еще глупа была, лучше гораздо сделал, — начала она, опуская руку. — С вывалом, подлец, вез, да и обобрал.

— Как это, — говорю, — с вывалом?

— А так, с вывалом, да и полно: ездила я зимой на Петербургскую сторону, барыне одной мантиль кружевную в кадетский корпус возила. Такая была барынька маленькая и из себя нежная, ну, а станет торговаться — раскричится, настоящая примадона. Выхожу я от нее, от этой барыньки, а уж темнеет. Зимой рано, знаешь, темнеет. Спешу это, спешу, чтоб до пришпекта скорей, а из-за угла извозчик, и этакой будто вохловатый[13] мужичок. Я, говорит, дешево свезу.

"Пятиалтынный, мол, к Знаменью", — даю ему.

— Ну, как же это, — перебиваю, — разве можно давать так дешево, Домна Платоновна!

— Ну вот, а видишь, можно было. "Ближней дорогой, — говорит, — поедем". Все равно! Села я в сани — саквояжа тогда у меня еще не было: в платочке тоже все носила. Он меня, этот черт извозчик, и повез ближней дорогой, где-то по-за крепостью, да на Неву, да все по льду, да по льду, да вдруг как перед этим, перед берегом, насупротив самой Литейной, каа-ак меня чебурахнет в ухаб. Так меня, знаешь, будто снизу-то кто под самое под донышко-то чук! — я и вылетела... Вылетела я в одну сторону, а узелок и бог его знает куда отлетел. Подымаюсь я, вся чуня-чуней, потому вода по колдобинам стояла. "Варвар! — кричу на него, — что ты это, варвар, со мной сделал?" А он отвечает: "Ведь это, — говорит, — здесь ближняя дорога, здесь без вывала невозможно". — "Как, — говорю, — тиран ты этакой, невозможно? Разве так, — говорю, — возят?" А он, подлец, опять свое говорит: "Здесь, купчиха, завсегда с вывалом; я потому, — говорит, — пятиалтынный и взял, чтобы этой ближней дорогой ехать". Ну, говори ты с ним, с извергом! Обтираюсь я только да оглядываюсь; где мой узелочек-то, оглядываюсь, потому как раскинуло нас совсем врозь друг от друга. Вдруг откуда ни возьмись этакой офицер, или вроде как штатский какой с усами: "Ах ты, бездельник этакой! — говорит, — мерзавец! везешь ты этакую даму полную и этак неосторожно?" — а сам к нему к зубам так и подсыкается.

"Садитесь, — говорит, — сударыня, садитесь, я вас застегну".

"Узелок, — говорю, — милостивый государь, я обронила, как он, изверг, встряхнул-то меня".

"Вот, — говорит, — вам ваш узелок", — и подает.

"Ступай, подлец, — крикнул на извозчика, — да смотрри! А вы, — говорит, — сударыня, ежели он опять вас вывалит, так вы его без всяких околичностей в морду".

---

[13] Вохлы (псковск.) — космы, патлы.

"Где, — отвечаю, — нам, женщинам, с ними, с мереньями, справиться".

Поехали.

Только, знаешь, на Гагаринскую взъехали — гляжу, мой извозчик чего-то пересмеивается.

"Чего, мол, умный молодец, еще зубы скалишь?"

"Да так, — говорит, — намеднясь я тут дешево жида вез, да как вспомню это, и не удержусь".

"Чего ж, — говорю, — смеяться?"

"Да как же, — говорит, — не смеяться, когда он мордою-то прямо в лужу, да как вскочит, да кричит юх, а сам все вертится".

"Чего же, — спрашиваю, — это он так юхал?"

"А уж так, — говорит, — видно, это у них по религии".

Ну, тут и я начала смеяться.

Как вздумаю этого жида, так и не могу воздержаться, как он бегает да кричит это юх, юх.

"Пустая же самая, — говорю, — после этого их и религия".

Приехали мы к дому к нашему, встаю я и говорю: "Хоша бы стоило тебя, — говорю, — изверга, наказать и хоть пятачок с тебя вычесть, ну, только греха одного боясь: на тебе твой пятиалтынный".

"Помилуйте, — говорит, — сударыня, я тут ничем не причинен: этой ближней дорогой никак без вывала невозможно; а вам, — говорит, — матушка, ничего: с того растете".

"Ах, бездельник ты, — говорю, — бездельник! Жаль, — говорю, — что давешний барин мало тебе в шею-то наклал".

А он отвечает: "Смотри, — говорит, — ваше степенство, не оброни того, что он тебе-то наклал", — да с этим нно! на лошаденку и поехал.

Пришла я домой, поставила самоварчик и к узелку: думаю, не подмок ли товар; а в узелке-то, как глянула, так и обмерла. Обмерла, я тебе говорю, совсем обмерла. Хочу взвесть голос, и никак не взведу; хочу идти, и ножки мои гнутся.

— Да что ж там такое было, Домна Платоновна?

— Что — стыдно сказать что: гадости одни были.

— Какие гадости?

— Ну известно, какие бывают гадости: шароварки скинутые — вот что было.

— Да как же, — говорю, — это так вышло?

— А вот и рассуждай ты теперь, как вышло. Меня попервоначалу это-то больше и испугало, что как он на Неве скинуть мог их да в узелок завязать. Вижу и себе не верю. Прибежала я в квартал, кричу: батюшки, не мой узел.

"Знаем, — говорят, — что немой; рассказывай толком".

Рассказала.

Повели меня в сыскную полицию. Там опять рассказала. Сыскной рассмеялся.

"Это, верно, — говорит, — он, подлец, из бани шел".

А враг его знает, откуда он шел, только как это он мне этот узелок подсунул?

— В темноте, — говорю, — не мудрено, Домна Платоновна.

— Нет, я к тому, что ты говоришь извозчик-то: не оброни, говорит, что накладено! Вот тебе и накладено, и разумей, значит, к чему эти его слова-то были.

— Вам бы, — говорю, — надо тогда же, садясь в сани, на узелок посмотреть.

— Да как, мой друг, хочешь смотри, а уж как обмошенничать тебя, так все равно обмошенничают.

— Ну, это, — говорю, — уж вы того...

— Э, ге-ге-ге! Нет, уж ты сделай свое одолжение: в глазах тебя самого не тем, чем ты есть, сделают. Я тебе вот какой случай скажу, как в глаза-то нашего брата обделывают. Иду я — вскоре это еще как из своего места сюда приехала, — и надо мне было идти через Апраксин. Тогда там теснота была, не то что теперь, после пожару — теперь прелесть как хорошо, а тогда была ужасная гадость. Ну, иду я, иду себе. Вдруг откуда ни возьмись молодец этакой, из себя красивый: "Купи, — говорит, — тетенька, рубашку". Смотрю, держит в руках ситцевую рубашку, совсем новую, и ситец преотличный такой — никак не меньше как гривен шесть за аршин надо дать.

"Что ж, — спрашиваю, — за нее хочешь?"

"Два с полтиной".

"А что, — говорю, — из половинки уступишь?"

"Из какой половины?"

"А из любой, — говорю, — из какой хочешь". Потому что я знаю, что в торговле за всякую вещь всегда половину надо давать.

"Нет, — отвечает, — тетка, тебе, видно, не покупать хороших вещей", — и из рук рубашку, знаешь, дергает.

"Дай же", — говорю, потому вижу, рубашка отличная, целковых три кому не надо стоит.

"Бери, — говорю, — рупь".

"Пусти, — говорит, — мадам!" — дернул и, вижу, свертывает ее под полу и оглядывается. Известное дело, думаю, краденая; подумала так и иду, а он вдруг из-за линии выскакивает:

"Давай, — говорит, — тетка, скорей деньги. Бог с тобой совсем: твое, видно, счастье владеть".

Я ему это в руки рупь-бумажку даю, а он мне самую эту рубаху скомканную отдает.

"Владай, — говорит, — тетенька", а сам верть назад и пошел.

Я положила в карман портмоне, да покупку-то эту свою разворачиваю, ан гляжу — хлоп у меня к ногам что-то упало. Гляжу — мочалка старая, вот что в небели бывает. Я тогда еще этих петербургских обстоятельств всех не знала, дивуюсь: что, мол, это такое? да на руки-то свои глядь, а у меня в руках лоскут! Того же самого ситца, что рубашка была, так лоскуток один с пол-аршина. А эти меренье приказчики грохочут: "К нам, — трещат, — тетенька, пожалуйте; у нас, — говорят, — есть и фас-канифас и для глупых баб припас". А другой опять подходит: "У нас, — говорит, — тетенька, для вашей милости саван есть подержанный чудесный". Я уж это все мимо ушей пущаю: шут, думаю, с вами совсем. Даже, я тебе говорю, сомлела я; страх на меня напал, что это за лоскут такой? Была рубашка, а стал лоскут. Нет, друг мой, они как захотят, так все сделают. Ты Егупова полковника знаешь?

— Нет, не знаю.

— Ну как, чай, не знать! Красивый такой, брюхастый: отличный мужчина. Девять лошадей под ним на войне убили, а он жив остался: в газетах писано было об этом.

— Я его все-таки, Домна Платоновна, не знаю.

— Что нам с ним один варвар сделал? Это, я тебе говорю, роман, да еще и романов-то таких немного — на театре разве только можно представить.

— Матушка, — говорю, — вы уж не мучьте, рассказывайте!

— Да, эту историю уж точно что стоит рассказать. Как он только называется?.. есть тут землемер... Кумовеев ни то Макавеев, в седьмой роте в Измайловском он жил.

— Бог с ним.

— Бог с ним? Нет, не бог с ним, а разве черт с ним, так это ему больше кстати.

— Да это я только о фамилии-то.

— Да, о фамилии — ну, это пожалуй; фамилия ничего — фамилия простая, а что сам уж подлец, так самый первый в столице подлец. Пристал: "Жени меня, Домна Платоновна!"

"Изволь, — говорю, — женю; отчего, — говорю, — не женить? — женю".

Из себя он тварь этакая видная, в лице белый и усики этак твердо носит.

Ну, начинаю я его сватать; отягощаюсь, хожу, выискала ему невесту из купечества — дом свой на Песках, и девушка порядочная, полная, румяная; в носике вот тут-то в самой в переносице хоть и был маленький изъянец, но ничего это — потому от золотухи это было. Хожу я, и его, подлеца, с собою вожу, и совсем уж у нас дело стало на мази. Тут уж я, разумеется, надзираю за ним как не надо лучше, потому что это надо делать безотходительно, да уж и был такой и слух, что он с одной девицей из купечества обручившись и деньги двести серебра на окипировку себе забрал, а им дал женитьбенную расписку, но расписка эта оказалась коварная, и ничего с ним по ней сделать не могли. Ну, уж знавши такое про человека, разумеется, смотришь в оба — нет-нет да и завернешь с визитом. Только прихожу, сударь мой, раз один к нему — а он, надо тебе знать, две комнаты занимал: в одной так у него спальния его была, а в другой вроде зальца. Вхожу это и вижу, дверь из зальцы в спальню к нему затворена, а какой-то этакой господин под окном, надо полагать вояжный[14] потому ледунка[15] у него через плечо была, и сидит в кресле и трубку курит. Это-то вот он самый, полковник-то Егупов, и будет.

"Что, — я говорю, этак сама-то к нему оборачиваюсь, — или, — говорю, — хозяина дома нет?"

А он мне на это таково сурово махнул головой и ничего не ответил, так что я не узнала: дома землемер или его нету.

Ну, думаю, может, у него там дамка какая, потому что хоть он и жениться собирается, ну а все же. Села я себе и сижу. Но нехорошо же, знаешь, так в молчанку сидеть, чтоб подумали, что ты уж и слова сказать не умеешь.

"Погода, — говорю, — стоит нынче какая преотличная".

Он это сейчас же на мои слова вскинул на меня глазами, да, как словно из бочки, как рявкнет: "Что, — говорит, — такое?"

"Погода, — опять говорю, — стоит очень приятная".

"Врешь, — говорит, — пыль большая".

Пыль таки и точно была, ну, а все я, знаешь, тут же подумала, что ты, мол, это такой? Из каких таких взялся, что очень уж рычишь сердито?

"Вы, — говорю ему опять, — как Степану Матвеевичу — сродственник будете или приятели только, знакомые?"

"Приятель", — отвечает.

"Отличный, — говорю, — человек Степан Матвеевич".

"Мошенник, — говорит, — первой руки".

---

[14] путешествующий, проезжий (франц.)
[15] Ледунка (лядунка) — патронташ.

Ну, думаю, верно Степана Матвеевича дома нет.

"Вы, — говорю, — давно их изволите знать?"

"Да знал, — говорит, — еще когда баба девкой была".

"Это, — отвечаю, — сударь, и с тех пор, как я их зазнала, может, не одна уж девка бабой ходит, ну только я не хочу греха на душу брать — ничего за ними худого не замечала".

А он ко мне этак гордо:

"Да у тебя на чердаке-то что, — говорит, — напхано? — сено!"

"Извините, — говорю, — милостивый государь, у меня, слава моему создателю, пока еще на плечах не чердак, а голова, и не сено в ней, а то же самое, что и у всякого человека, что богом туда приназначено".

"Толкуй!" — говорит.

"Мужик ты, — думаю себе, — мужиком тебе и быть".

А он в это время вдруг меня и спрашивает:

"Ты, — говорит, — его брата Максима Матвеева знаешь?"

"Не знаю, — говорю, — сударь: кого не знаю, про того и лгать не хочу, что знаю".

"Этот, — говорит, — плут, а тот и еще почище. Глухой".

"Как, — говорю, — глухой?"

"А совсем-таки, — говорит, — глухой: одно ухо глухо, а в другом золотуха, и обоими не слышит".

"Скажите, — говорю, — как удивительно!"

"Ничего, — говорит, — тут нет удивительного".

"Нет, я, мол, только к тому, что один брат такой красавец, а другой — глух".

"Ну да; то-то совсем ничего в этом и нет удивительного; вон у меня у сестры на роже красное пятно, как лягушка точно сидит: что ж мне-то тут такого!"

"Родительница, — говорю, — верно, в своем интересе чем испугалась?"

"Самовар, — говорит, — ей девка на пузо вывернула".

Ну, я тут-то вежливо пожалела.

"Долго ли, — говорю, — с этими, с быстроглазыми, до греха", — а он опять и начинает:

"Ты, — говорит, — если только не совсем ты дура, так разбери: он, этот глухой брат-то его, на лошадей охотник меняться".

"Так-с", — говорю.

"Ну, а я его вздумал от этого отучить, взял да ему слепого коня и променял, что лбом в забор лезет".

"Так-с", — говорю.

"А теперь мне у него для завода бычок понадобился, я у

него этого бычка и купил и деньги отдал; а он, выходит, совсем не бык, а вол".

"Ах, — говорю, — боже мой, какая оказия! Ведь это, — говорю, — не годится".

"Уж разумеется, — говорит, — когда вол, так не годится. А вот я ему, глухому, за это вот какую шутку отшучу: у меня на этого его брата, Степана Матвеича, расписка во сто рублей есть, а у них денег нет; ну, так я им себя теперь и покажу".

"Это, — говорю, — точно, что можете показать".

"Так ты, — говорит, — так и знай, что этот Максим Матвеич — каналья, и я вот его только дождусь и сейчас его в яму".

"Я, мол, их точно в тонкость не знаю, а что сватаючи их, сама я их порочить не должна".

"Сватаешь!" — вскрикнул.

"Сватаю-с".

"Ах ты, — говорит, — дура ты, дура! Нетто ты не знаешь, что он женатый?"

"Не может, — говорю, — быть!"

"Вот тебе и не может, когда трое детей есть".

"Ах, скажите, — говорю, — пожалуйста!" "Ну, Степан, — думаю, — Матвеич, отличную ж вы было со мной штуку подшутили!" — и говорю, что, стало быть же, говорю, как я его теперь замечаю, он, однако, фортель!

А он, этот полковник Егупов, говорит: "Ты если хочешь кого сватать, так самое лучшее дело — меня сосватай".

"Извольте, мол".

"Нет, я, — говорит, — это тебе без всяких шуток, вправду говорю".

"Да извольте, — отвечаю, — извольте!"

"Ты мне, кажется, не веришь?"

"Нет-с, отчего же: это, мол, действительно, если человек имеет расположение от рассеянной жизни уволиться, то самое первое дело ему жениться на хорошей девушке".

"Или, — говорит, — хоть на вдове, но чтоб только с деньгами".

"Да, мол, или на вдове".

Пошли у нас тут с ним разговоры; дал он мне свой адрес, и стала я к нему ходить. Что только тоже я с ним, с аспидом, помучилась! Из себя страшный-большой и этакой фантастический — никогда он не бывает в одном положении, а всякого принимает по фантазии. Есть, разумеется, у людей разное расположение, ну только такого мужчину, как этот Егупов, не дай господи никакой жене на свете. Станет, бывало, бельма выпучит, а сам, как клоп, кровью нальется — орет: "Я тебя кверху дном поставлю и выворочу. Сейчас наизнанку будешь!" Глядя на это, как он беснуется, думаешь: "Ах, обиду какую кровную ему кто нанес!" — а он сердит оттого, что не тем боком корова почесалась. Ну, однако, сосватала я и его на одной вдове на купеческой. Такая-то, тоже ему под пару, точно на заказ была спечена, туша присноблаженная. Ну-с, сударь ты мой, отбылись смотрины, и сговор назначили.

Приезжаем мы с ним на этот сговор, много гостей — родственники с невестиной стороны и знакомые, все хорошего поколения, значительного, и смотрю, промеж гостей, в одном угле на стуле сидит этот землемер Степан Матвеич.

Очень это мне не показалось, что он тут, но ничего я не сказала.

Верно, думаю, должно быть, его из ямы выпустили, он и пришел по знакомству.

Ну, впрочем, идет все как следует. Прошла помолвка, прошло образование, и все ничего. Правда, дядя невестин, Колобов Семен Иваныч, купец, пьяный пришел и начал было врать, что это, говорит, совсем не полковник, а Федоровой банщицы сын. "Лизни, — говорит, — его кто-нибудь языком в ухо, у него такая привычка, что он сейчас за это драться станет. Я, — болтает, — его знаю; это он одел эполеты, чтоб пофорсить, но я с него эти эполеты сейчас сорву", ну, только этого же не допустили, и Семена Иваныча самого за это сейчас отвели в пустую половину, в холодную.

Но вдруг, во время самого благословения, отец невестин поднимает образ, а по зале как что-то загудет! Тот опять поднимает икону, а по зале опять гу-у-у-у! — и вдруг явственно выговаривает:

"Нечего, — говорит, — петь Исаю, когда Мануил в чреве".

Господи! даже оторопь на всех напал. Невесте конфуз; Егупов, гляжу, тоже бельмами-то своими на меня.

Ну что, думаю, ты-то! ты-то что, батюшка, на меня остребенился, как черт на попа?

А в зале опять как застонет:

"К небесам в поле пыль летит, к женатому жениху — жена катит, богу молится, слезьми обливается".

Бросились туда-сюда — никого нет.

Боже мой, что тут поднялось! Невестин отец образ поставил да ко мне, чтоб бить; а я, видючи, что дело до меня доходит, хвост повыше подобрамши, да от него драла. Егупов божится, что он сроду женат не был: говорит, хоть справки наведите, а глас все свое, так для всех даже внимательно: "Не вдавайте, — говорит, — рабы, отроковицу на брак скверный".

58

Все дело в расстрой! — Что ж, ты думаешь, все это было?..
Приходит ко мне после этого через неделю Егупов сам и
говорит: "А знаешь, — говорит, — Домна, ведь это все подлец
землемер пупком говорил!"

— Ну, как так, — спрашиваю, — Домна Платоновна,
пупком?

— А пупком, или чревом там, что ли, бес его лукавый знает,
чем он это каверзил. То есть я тебе говорю, что все это они
нонче один перед другим ухитряются, один перед другим
выдумывают, и вот ты увидишь, что они чисто все государство
запутают и изнищут.

Я даже смутился при выражении Домною Платоновною
совершенно неожиданных мною опасений за судьбы
российского государства. Домна Платоновна, всеконечно,
заметила это и пожелала полюбоваться производимым ею
политическим эффектом.

— Да, право, ей-богу! — продолжала она ноткою выше. —
Ты только сам, помилуй, скажи, что хитростев всяких настало?
Тот летит по воздуху, что птице одной назначено; тот рыбою
плавлет и на дно морское опускается; тот теперь — как на
Адмиралтейской площади — огонь серный ест; этот животом
говорит; другой — еще что другое, что человеку непоказанное
— делает... Господи! бес, лукавый сам, и тот уж им повинуется,
и все опять же таки не к пользе, а ко вреду. Со мной ведь один
раз было же, что была я отдана бесам на поругание!

— Матушка, — говорю, — неужто и это было?

— Было.

— Так не томите, рассказывайте.

— Давно это, лет, может быть, двенадцать тому будет,
молода я еще в те поры была и неопытна, и задумала я,
овдовевши, торговать. Ну, чем, думаю, торговать? Лучше
нечем, по женскому делу, как холстом, потому — женщина
больше в этом понимает, что к чему принадлежит. Накуплю,
думаю, на ярманке холста и сяду у ворот на скамеечке и буду
продавать. Поехала я на ярманку, накупила холста, и надо мне
домой ворочаться. Как, думаю, теперь мне с холстом домой
ворочаться? А на двор на постоялый, хлоп, въезжает троешник.

"Везли мы, — сказывает, — из Киева, в коренную, на семи
тройках орех, да только орех мы этот подмочили, и теперь, —
говорит, — сделало с нас купечество вычет, и едем мы к дворам
совсем без заработка".

"Где ж, — спрашиваю, — твои товарищи?"

"А товарищи, — отвечает, — кто куда в свои места поехали,
а я думаю, не найду ли хоть седочков каких".

"Откуда же, — пытаюсь, — из каких мест ты сам?"

"А я куракинский, — говорит, — из села из Куракина".

Как раз это мне к своему месту, "Вот, — говорю, — я тебе одна седачка готовая".

Поговорили мы с ним и на рубле серебра порешили, что пойдет он по дворам, чтоб еще седоков собрать, а завтра чтоб в ранний обед и ехать.

Смотрю, завтра это вдруг валит к нам на двор один человек, другой, пятый, восьмой, и все мужчины из торговцев, и красики такие полные. Вижу, у одного мешок, у другого — сумка, у третьего — чемодан, да еще ружье у одного.

"Куда ж, — говорю извозчику, — ты это нас всех запихаешь?"

"Ничего, — говорит, — улезете — повозка большая, сто пудов возим". Я, признаться, было хоть и остаться рада, да рупь-то ему отдан, и ехать опять не с кем.

С горем с таким и с неудовольствием, ну, однако, поехала. Только что за заставу мы выехали, сейчас один из этих седоков говорит: "Стой у кабака!" Пили они тут много и извозчика поят. Поехали. Опять с версту отъехали, гляжу — другой кричит: "Стой, — говорит, — здесь Иван Иваныч Елкин живет, никак, — говорит, — его минать не должно".

Раз они с десять этак останавливались все у своего Ивана Иваныча Елкина.

Вижу я, что дело этак уж к ночи и что извозчик наш распьяным-пьяно-пьян сделался.

"Ты, — говорю, — не смей больше пить".

"Отчего это так, — отвечает, — не смей? Я и так, — говорит, — не смелый, я все это не смеючи действоваю".

"Мужик, — говорю, — ты, и больше ничего".

"Ну-к что ж, что мужик! а мне, — говорит, — абы водка".

"Тварь-то, глупец, — учу его, — пожалел бы свою!"

"А вот я, — говорит, — ее жалею", — да с этим словом мах своим кнутовищем и пошел задувать. Телега-то так и подскакивает. Того только и смотрю, что сейчас опрокинемся, и жизни нашей конец. А те пьяные все заливаются. Один гармонию вынул, другой песню орет, третий из ружья стреляет. Я только молюсь: "Пятница Просковея, спаси и помилуй!"

Неслись мы, неслись во весь кульер, и стали кони наши наконец приставать, и поехали мы опять шагом. На дворе уж этак смерклось, и не то чтобы, как сказать, дождь шел, а все будто туман брызгает. Руки у меня просто страсть как набрякли держамшись, и уж я рада-радешенька, что наконец мы едем тихо; сижу уж и голосу не подаю. А у тех тем часом, слышу, разговор пошел: один сказывает, что разбойники тут по дороге шляются, а другой отвечает ему, что он разбойников не боится, потому что у него ружье два раза стрелять может. Опять еще какой-то о мертвецах заговорил: я, рассказывает, мертвую кость имею, кого, говорит, этою костью обведу, тот сейчас мертвым сном заснет и не подымется; а другой хвастается, что у него есть свеча из мертвого сала. Я это все слушала, и вдруг все словно кто меня стал за нос водить, и ударил на меня сон, и в одну минуту я заснула.

Только крепко я заснуть никак не могла, потому что все нас, словно орехи в решете, протряхивало, и во сне мне слышится, как будто кто-то говорит: "Как бы, — говорит, — нам эту чертову бабу от себя вон выкинуть, а то ног некуда протянуть". Но я все сплю.

Вдруг, сударь ты мой, слышу крик, визг, гам. Что такое? Гляжу — ночь, повозка наша стоит, и около нее все вертятся, да кричат, а что кричат — не разобрать.

"Шурле-мурле, шире-мире-кравермир", — орет один.

Наш это, что с ружьем-то ехал, бац из одного ружья — пистолет лопнул, а стрельбы нет, бац из другого — пистолет опять лопнул, а стрельбы нет.

Вдруг этот, что кричал-то, опять как заорет: шире-мире-кравермир! да с этим словом хап меня под руки-то из телеги да на поле, да ну вертеть, ну крутить. Боже мой, думаю, что ж это такое! Гляну, гляну вокруг себя — все рожи такие темные, да все вертятся и меня крутят да кричат: шире-мире! да за ноги меня, да ну раскачивать.

"Батюшка! — взмолилась я, такое над собой в первый раз видючи, — Никола божий амченский! триех дев непорочный невестителю! чистоты усердной хранителю! не допусти же ты им хоть наготу-то мою недостойную видеть!"

Только что я это в сердце своем проговорила, и вдруг чувствую, что тишина вокруг меня стала необъятная, и лежу будто я в поле, в зелени такой изумрудной, и передо мною, перед ногами моими плывет небольшое этакое озерцо, но пречистое, препрозрачное, и вокруг него, словно бахрома густая, стоит молодой тростник и таково тихо шатается.

Забыла я тут и про молитву, и все смотрю на этот тростник, словно сроду я его не видала.

Вдруг вижу я что же? Вижу, что с этого с озера поднимается туман, такой сизый, легкий туман, и, точно настоящая пелена, так по полю и расстилается. А тут под туманом на самой на середине озера вдруг кружочек этакой, как будто рыбка

61

плеснулась, и выходит из этого кружочка человек, так маленький, росту не больше как с петуха будет; личико крошечное; в синеньком кафтанчике, а на головке зеленый картузик держит.

"Удивительный, — думаю, — какой человек, будто как куколка хорошая", — и все на него смотрю, и глаз с него не спускаю, и совсем его даже не боюсь, вот таки ни капли не боюсь.

Только он, смотрю, начинает всходить-всходить, и все ко мне ближе, ближе и, на конец того дела, прыг прямо ко мне на грудь. Не на самую, знаешь, на грудь, а над грудью стоит на воздухе и кланяется. Таково преважно поднял свой картузик и здравствуется.

Смех меня на него разбирает ужасный: "Где ты, — думаю, — такой смешной взялся?"

А он в это время хлоп свой картузик опять и говорит... да ведь что же говорит-то!

"Давай, — говорит, — Домочка, сотворим с тобой любовь!"

Так меня смех и разорвал.

"Ах ты, — говорю, — шиш ты этакой! Ну, какую ты можешь иметь любовь?"

А он вдруг задом ко мне верть и запел молодым кочетком: кука-реку-ку-ку!

Вдруг тут зазвенело, вдруг застучало, вдруг заиграло: стон, я тебе говорю, стоит. Боже мой, думаю, что ж это такое? Лягушки, карпии, лещи, раки, кто на скрипку, кто на гитаре, кто в барабаны бьют; тот пляшет, тот скачет, того вверх вскидывает!

"Ах, — думаю, — плохо это! Ах, совсем это нехорошо! Огражду я себя, — думаю, — молитвой", да хотела так-то зачитать: "Да воскреснет бог", — а на место того говорю: "Взвейся, выше понесися", — и в это время слышу в животе у меня бум-бурум-бум, бум-бурум-бум.

"Что это, мол, я такое: тарбан, что ль?" — и гляжу, точно я тарбан. Стоит надо мной давешний человечек маленький и так-то на мне нарезывает.

"Ох, — думаю, — батюшки! ох, святые угодники!" — а он все по мне смычком-то пилит-пилит, и такое на мне выигрывает, и вальсы, и кадрели всякие, а другие еще поджигают: "Тарабань жесче, жесче тарабань!" — кричат.

Боль, тебе говорю, в животе непереносная, а все гуду. И так целую ночь целехонькую на мне тарабанили; целую ночь до бела до света была я им, крещеный человек, заместо тарбана[16]; на утешение им, бесам, служила.

— Это, — говорю, — ужасно.

— И очень даже, мой друг, ужасно. Но тем это еще было ужаснее, что утром, как оттарабанили они на мне всю эту свою музыку, я оглядываюсь и вижу, что место мне совсем незнакомое: поле, лужица этакая точно есть большая, вроде озерца, и тростник, и все, как я видела, а с неба солнце печет жарко, и прямо мне во всю наружность. Гляжу, тут же и мой сверточек с холстами и сумочка — все в целости; а так невдалеке деревушка. Я встала, доплелась до деревушки, наняла мужика, да к вечеру домой и доехала.

— И что же вы, Домна Платоновна, уверены, что все это с вами действительно приключилось?

— А то врать я, что ли, на себя стану?

— Нет, я говорю про то, что именно так ли все это было-то?

— Так и было, как я тебе сказываю. А ты вот подивись, как я им наготы-то своей не открыла.

Я подивился.

— Да; вот и с бесом да совладала, а с лукавым человеком так вышло раз иначе.

— Как же вышло?

— Слушай. Купила я для одной купчихи мебель, на Гороховой у выезжих. Были комоды, столы, кровати и детская короватка с этаким с тесьменным дном. Заплатила я тринадцать рублей деньги, выставила все в коридор и пошла за извозчиком. Взяла за рупь за сорок к Николе Морскому извозчика ломового и укладываем с ним мебель, а хозяева, у которых купила-то я, на ту пору вышли и квартиру замкнули. Вдруг откуда ни возьмись дворники, татары, "халам-балам": как ты смеешь, орут, вещи брать? Я туда, я сюда — не спускают. А тут дождь, а тут извозчик стоять не хочет. Боже мой! Насилу я надумалась: ну, ведите, говорю, меня в квартал — я, говорю, квартального жена. И только это сказала, входят на двор эти господа, у которых мебель купила. "Продана, — говорят, — точно, ей эта мебель продана". Ну, извозчик мой говорит: садись. Думаю, и точно, замест того, чтоб на живейного тратить, сяду я в короватку детскую. Высоко они эту короватку, на самом на верху воза над комодой утвердили, но я вскарабкалась и села. Только что ж бы ты думал? Не успела я со

---

[16] Тарбан (торбан) — струнный музыкальный инструмент типа украинской бандуры.

двора выехать, как слышу, низок-то подо мною тресь-тресь-тресь.

"Ах, — думаю, — батюшки, ведь это я проваливаюсь!" И с этим словом хотела встать на ноги, да трах — и просунулась. Так верхом, как жандар, на одной тесемке и сижу. Срам, я тебе говорю, просто насмерть! Одежа вся взбилась, а ноги голые над комодой мотаются; народ дивуется; дворники кричат: "Закройся, квартальничиха", — а закрыться нечем. Вот он варвар какой!

— Это кто же, — говорю, — варвар?

— Да извозчик-то: где же, скажи ты, пожалуй, зевает на лошадь, а на пассажира и не посмотрит. Мало ведь чуть не всю Гороховую я так проехала, да уж городовой, спасибо ему, остановил. "Что это, — говорит, — за мерзость такая? Это не позволено, что ты показываешь?" Вот как я посветила наготой-то.

6

— Домна Платоновна! — говорю, — а что — давно я желал вас спросить — молодою такой вы остались после супруга, неужто у вас никакого своего сердечного дела не было?

— Какого это сердечного?

— Ну, не полюбили вы кого-нибудь?

— Полно глупости болтать!

— Отчего ж, — говорю, — это глупости?

— Да оттого, — отвечает, — глупости, что хорошо этими любвями заниматься, у кого есть приспешники да доспешники, а как я одна, и постоянно я отягощаюсь, и постоянно веду жизнь прекратительную, так мне это совсем даже и не на уме и некстати.

— Даже и не на уме?

— И ни вот столичко! — Домна Платоновна черкнула ногтем по ногтю и добавила: — а к тому же я тебе скажу, что вся эта любовь — вздор. Так напустит человек на себя шаль такую: "Ах, мол, умираю! жить без него или без нее не могу!" — вот и все. По-моему, то любовь, если человек женщине как следует помогает — вот это любовь, а что женщина, она всегда должна себя помнить и содержать на примечании.

— Так, — говорю, — стало быть, ничем вы, Домна Платоновна, богу и не грешны?

— А тебе какое дело до моих грехов? Хоша бы чем я и грешна была, то мой грех, не твой, а ты не поп мой, чтоб меня исповедовать.

— Нет, я говорю это, Домна Платоновна, только к тому, что молоды вы овдовели и видно, что очень вы были хороши.

— Хороша не хороша, — отвечает, — а в дурных не ставили.

— То-то, — я говорю, — это и теперь видно.

Домна Платоновна поправила бровь и глубоко задумалась.

— Я и сама, — начала она потихоньку, — много так раз рассуждала: скажи мне, господи, лежит на мне один грех или нет? И ни от кого добиться не могу. Научила меня раз одна монашка с моих слов списать всю эту историю и подать ее на духу священнику, — я и послушалась, и монашка списала, да я, шедши к церкви, все и обронила.

— Что ж это такое, Домна Платоновна, за грех был?

— Не разберу: не то грех, не то мечтание.

— Ну, хоть про мечтание скажите.

— Издаля это начинать очень приходится. Это еще как мы с мужем жили.

— Ну как же, голубушка, вы жили?

— А жили ничего. Домик у нас был хоша и небольшой, но по предместности был очень выгодный, потому что на самый базар выходил, а базары у нас для хозяйственного употребления частые, только что нечего на них выбрать, вот в чем главная цель. Жили мы не в больших достатках, ну и не в бедности; торговали и рыбой, и салом, и печенкой, и всяким товаром. Муж мой, Федор Ильич, был человек молодой, но этакой мудреный, из себя был сухой, но губы имел необыкновенные. Я таких губ ни у кого даже после и не видывала. Нраву он, не тем будь помянут, был пронзительного — спорильщик и упротивный; а я тоже в девках воительница была. Вышедши замуж, вела я себя сначала очень даже прилично, но это его нисколько совсем не восхищало, и всякий день натощак мы с ним буйственно сражались. Любви у нас с ним большой не было, и согласья столько же, потому оба мы собрались с ним воители, да и нельзя было с ним не воевать, потому, бывало, как ты его ни голубь, а он все на тебя тетерится, однако жили не разводились и восемь лет прожили. Конечно, жили не без неприятностей, но до драки настоящей у нас не часто доходило. Раз один, точно, дал он мне, покойник, подзатыльника, но только, разумеется, и моей тут немножко было причины, потому что стала я ему волосы подравнивать,

65

да ножницами — кусочек уха ему и отстригнула. Детей у нас не было, но были у нас на Нижнем городе кум и кума Прасковья Ивановна, у которых я детей крестила. Были они люди небогатые тоже, портной он назывался и диплон от общества имел, но шить ничего не шил, а по покойникам пасалтырь читал и пел в соборе на крылосе. По добычливости же, если что добыть по домашнему, все больше кума отягощалась, потому что она полезной бабой была, детей правила и навью кость сводила[17].

Вот один раз, это уж на последнем году мужниной жизни (все уж тут валилось, как перед пропастью), сделайся эта кума Прасковья Ивановна именинница. Сделайся она именинница, и пошли мы к ней на именины, и застал нас там у нее дождь, и такой дождь, что как из ведра окатывает; а у меня на ту пору еще голова разболелась, потому выпила я у нее три пунша с кисляркой, а эта кислярская для головы нет ее подлее. Взяла я и прилегла в другой комнатке на диванчике.

"Ты, — говорю, — кума, с гостями еще посиди, а я тут крошечку полежу".

А она: "Ах, как можно на этом диване: тут твердо; на постель ложись".

Я и легла и сейчас заснула. Нет тут моей вины?

— Никакой, — говорю.

— Ну, теперь же слушай. Сплю я и чую, что как будто кто-то меня обнимает, и таки, знаешь, не на шутку обнимает. Думаю, это муж Федор Ильич; но как будто и не Федор Ильич, потому что он был сложения духовного и из себя этакой секретный, — а проснуться не могу. Только проспавши свое время, встаю, гляжу — утро, и лежу я на куминой постели, а возле меня кум. Я мах этак, знаешь, перепрыгнула скорей через него с кровати-то, трясусь вся от страху и гляжу — на полу на перинке лежит кума, а с ней мой Федор Ильич... Толк я тут-то куму, гляжу — и та схватилась и крестится.

"Что же это, — говорю, — кума, такое? как это сделалось?"

"Ах, — говорит, — кумонька! Ах я, мерзкая этакая! Это все я сама, — говорит, — настроила, потому они еще, проводя гостей, допивать сели, а я тут впотьмах-то тебя не стала будить, да и прилегла тут, где вам было постлано".

Я даже плюнула.

"Что ж теперь, — говорю, — нам с тобой делать?"

---

[17] Навья кость — мертвая кость, одна из мелких косточек ступни, выступающая под кожей; по поверью, является вестницей беды или смерти.

А она мне отвечает: "Нам с тобой нечего больше делать, как надо про это молчать".

Это я, вот сколько тому лет прошло, первому тебе про это и рассказала, потому что тяжело мне это ужасно, и всякий раз, как я это вздумаю, так я этот сон свой проклясть совсем готова.

— Вы, — говорю, — Домна Платоновна, не сокрушайтесь, потому что ведь это вышло мимо воли вашей.

— А еще бы, — говорит, — как? Я и так-то себя немало измучила и истерзала. Горе-таки горем, как Федор Ильич вскорости тут помер, потому не своею он помер смертью, а дрова, сажени на берегу завалились, задавили его. О петербургских обстоятельствах, чтоб как чем себя развеселить, я и понятия тогда не имела; но как вспомню, бывало, все это после его смерти-то, сяду вечерком одна-одинешенька под окошечко, пою: "Возьмите вы все золото, все почести назад", — да сама льюсь, льюсь рекою, как глаза не выйдут. Так тяжко, так станет жутко, вспомнивши эти слова, что "друг нежный спит в сырой земле", что хоть надень на себя осил пенечный да и полезай в петлю. Продала все, всего решилась и уехала; думаю, пусть лучше хоть глаза мои на все это не глядят и уши мои не слышат.

— Это, — говорю, — Домна Платоновна, я вам верю; нет ничего несноснее, как если одолеет тоска.

— Спасибо тебе, милый, на добром слове, именно правду говоришь, что нет ничего несноснее, и утешь и обрадуй тебя за это слово царица небесная, что ты все это мог понять и почувствовать. Но не можешь ты понять всей обо мне тоски и жалости, если не открою я тебе всю мою настоящую обиду, как меня один раз обидели. Что это саквояж там пропал или что Леканидка там неблагодарная — все это вздор. А был у меня на свете один такой день, что молила я господа, что пошли ты хоть змея, хоть скорпия, чтоб очи мои сейчас выпил и сердце мое высосал. И кто ж меня обидел? Испулатка, нехристь, турка! А кто ему помогал? Свои приятели, миром святым мазаные.

Домна Платоновна горько-прегорько заплакала.

— Курьерша одна моя знакомая, — начала она, утираючи слезы, — жила в Лопатине доме, на Невском, и пристал к ней этот пленный турка Испулатка. Она за него меня и просит: "Домна Платоновна! определи, — говорит, — хоть ты его, черта, к какому-нибудь месту!" — "Куда ж, — думаю, — турку определить? Кроме как куда-нибудь арапом, никуда его не определишь" — и нашла я ему арапскую должность. Нашла, и прихожу, и говорю: "Так и так, — говорю, — иди и определяйся".

67

Тут они и затеяли магарычи пить, потому что он уже своей поганой веры избавился, крестился и мог вино пить.

"Не хочу я, — говорю, — ничего", — ну, только, однако, выпила. Этакой уж у меня характер глупый, что всегда я попервоначалу скажу "нет", а потом выпью. Так и тут: выпила и осатанела, и у нее, у этой курьерши, легла с нею на постели.

— Ну-с?

— Ну, вот тебе и все, а нынче зашиваюсь.

— Как зашиваетесь?

— А так, что если где уж придется неминуючи ночевать, то я совсем с ногами, вроде как в мешок, и зашиваюсь. И даже так тебе скажу, что и совсем на сон свой подлый не надеясь, я даже и постоянно нынче на ночь зашиваюсь.

Домна Платоновна тяжело вздохнула и опустила свою скорбную голову.

— Вот тебе уж, кажется, и знаю петербургские обстоятельства, а однако что над собой допустила! — произнесла она после долгого раздумья, простилась и пошла к себе на Знаменскую.

7

Через несколько лет привелось мне свезти в одну из временных тифозных больниц одного бедняка. Сложив его на койку, я искал, кому бы его препоручить хоть на малейшую ласку и внимание.

— СтаршОй, — говорят.

— Ну, попросите, — прошу, — старшУю.

Входит женщина с отцветшим лицом и отвисшими мешками щек у челюстей.

— Чем, — говорит, — батюшка, служить прикажете?

— Матушка, — восклицаю, — Домна Платоновна?

— Я, сударь, я.

— Как вы здесь?

— Бог так велел.

— Поберегите, — прошу, — моего больного.

— Как своего родного поберегу.

— Что ж ваша торговля?

— А вот моя торговля: землю продать, да небо купить.

Решилась я, друг мой, своей торговли. Зайди, — шепчет, — ко мне.

Я зашел. Каморочка сырая, ни мебели, ни шторки, только койка да столик с самоваром и сундучок крашеный.

— Будем, — говорит, — чай пить.

— Нет, — отвечаю, — покорно вас благодарю, некогда.

— Ну так заходи когда другим разом. Я тебе рада, потому я разбита, друг мой, в последняя разбита.

— Что же с вами такое случилось?

— Уста мои этого рассказать не могут, и сердцу моему очень больно, и, сделай милость, ты меня не спрашивай.

— И отчего, — говорю, — вы это так вдруг осунулись?

— Осунулась! что ты, господь с тобой! ни капли я не осунулась.

Домна Платоновна торопливо выхватила из кармана крошечное складное зеркальце, поглядела на свои блеклые щеки и заговорила:

— Ни крошечки я не осунулась, и то это теперь к вечеру, а с утра я еще гораздо свежее бываю.

Смотрю я на Домну Платоновну и понять не могу, что в ней такое? а только вижу, что что-то такое странное.

Показалось мне, что, кроме того, что все ее лицо поблекло и обвисло, будто оно еще слегка подштукатурено и подкрашено, а тут еще эта тревога при моем замечании, что она осунулась... Непонятная, думаю, притча!

Не прошло после этого месяца, как вдруг является ко мне какой-то солдат из больницы и неотступно требует меня сейчас к Домне Платоновне.

Взял извозчика и приезжаю. На самых воротах встречает меня сама Домна Платоновна и прямо кидается мне на грудь с плачем и рыданием.

— Съезди, — говорит, — ты, миленький, сделай милость, в часть.

— Зачем, Домна Платоновна?

— Узнай ты там насчет одного человека, похлопочи за него. Я, бог даст, со временем сама тебе услужу.

— Да вы, — говорю, — не плачьте только и не дрожите.

— Не могу, — отвечает, — не дрожать, потому что это нутреннее, изнутри колотит. А этой услуги я тебе в жизнь не забуду, потому что все меня теперь оставили.

— Хорошо — но за кого же просить-то и о чем просить?

Старуха замялась, и блеклые щеки ее задергались.

— Фортопьянщицкий ученик там арестован вчера, Валерочка, Валерьян Иванов, так за него узнай и попроси.

69

Поехал я в часть. Сказали мне там, что действительно есть арестованный молодой человек Валерьян Иванов, что был он учеником у фортепьянного мастера, обокрал своего хозяина, взят с поличным и, по всем вероятностям, пойдет по тяжелой дороге Владимирской.

— Сколько же ему лет? — расспрашиваю.

— Лет, — говорят, — как раз двадцать один год минул.

"Что, — думаю, — за чудеса такие и что такое он, этот Валерка, моей Домне Платоновне?"

Приезжаю в больницу и застаю Домну Платоновну в ее каморке: сидит, сложивши руки, на краю кровати, и совсем помертвелая.

— Знаю, — говорит, — все, сделай милость, больше не сказывай. Я фершала посылала узнать и все знаю. Огненным прощением пресекается перед смертью душа моя.

Вижу, моя воительница совсем сбрендила: распалась и угасла в час один.

— Боже мой! — говорит, глядя на бедный больничный образочек. — Боженька! миленький! да поди же к тебе моя молитва прямо столбушком: вынь ты из меня душу, из старой дуры, да укроти мое сердце негодное.

— Да что ж, — говорю, — вам такое?

— Мне?.. Люблю я его, душечка; люблю я его несносно, мой ангел; без ума, без разума люблю я его, старая дура. Я его обула, я его одела, я на него дула, пыль с него обдувала. Театрашник такой; все, бывало, кортит ему дома; все он клонится как бы в цирк, как бы в театр; я ему последнее отдавала. Станешь, бывало, только просить: "Валерочка, друг мой! сокровище благих! не клонись ты к этому цирку; что тебе этот цирк?" Так затопочет, закричит и руками намеряется. Вот тебе и цирк!.. Не позволял он, чтобы я говорила с ним, так я издаля, бывало, только на него смотрю до прошу: "Валерочка! жизненочек! сокровище благих! не якшайся ты с кем попадя; не пей ты много". Все он мое презрел... Когда б дворника не нанимала, чтоб слух об нем подавал, и этого горя б, может, не знала. Боженька! миленький! Господи, да что ж это? да что ж это будет! — вскрикнула она и с этим словом упала перед образом на колена и еще горче заплакала, кивая своею седою головою.

— Все, — заговорила она, подымаясь через несколько минут на ноги и тоскливо водя угасшими глазами по своей унылой каморке, — все ему отдала, ничего у меня больше нет. Нечего мне ему дать больше, голубчику... Хоть бы сходить к нему...

— Ну, — говорю, — сходите...

— Не велит он мне ему показываться, не смею я к нему идти, — а сама дрожмя дрожит, бедная старуха.

Помолчал я и, чтоб отрезвить ее хоть немножко, спрашиваю:

— Сколько вам, Домна Платоновна, нынче годочков?

— Что ты такое, — говорит, — сказал?

— Сколько, мол, вам лет?

— А не знаю, право, сколько... в прошлом году в фебрие, кажется, сорок семь было.

— И откуда ж это, — спрашиваю, — он у вас взялся, этот Валерка? Где вы его себе откопали, на свое горе?

— Из наших местов, — отвечает, утирая слезы. — Кумин племянник он. Кума его ко мне прислала, чтоб к месту определить. Скажи, пожалуйста, — пищит опять, плачучи, воительница, — жаль ли хоть тебе меня, дуру неповитую?

— Очень, — отвечаю, — жаль.

— А людям ведь небось и не жаль, смех им небось только. И всякий, если кто когда-нибудь про эту историю узнает, посмеется — непременно посмеется, а не пожалеет, — а я все люблю, и все без радости, и все без счастья без всякого. Бог с ними, люди! не понять им, какая это беда, если прилучится такое над человеком не ко времени. Ходила я к сталоверу, — говорит: "Это тебе аггел сатаны дан в плоть... Не возносись". Пошла к священнику, говорю: "Вот, батюшка, что со мною, так и так, говорю, — сил моих над собой нет"; ну, священник меня хорошо пощунял: читай, говорит, раба, канон[18] "Утоли моя печали". Я теперь и канон это читаю и к месту такому нарочно определилась, чтоб никаких смущений мне не было; ну, только... Валерушка! цыпленок ты мой! сокровище благих! Что ты это над собою сделал?..

Домна Платоновна припала головой к окну и заколотила лбом о подоконник.

Так я и оставил мою воительницу в этом убитом положении. Через месяц дали мне знать из больницы, что Домна Платоновна вдруг окончила свою прекратительную жизнь. Умерла она от быстрого истощения сил. Лежала она в гробике черном такая маленькая, сухенькая, точно в самом деле все хрящики ее изныли и косточки прилегли к суставам. Смерть ее была совершенно безболезненна, тиха и спокойна. Домна Платоновна соборовалась маслом и до последней

---

[18] Канон — церковная молитва, исполнявшаяся на заутренях и вечернях.

минуты все молилась, а отпуская предсмертный вздох, велела отнести ко мне свой сундучок, подушки и подаренную ей кем-то банку варенья, с тем чтобы я нашел случай передать все это "тому человеку, про которого сам знаю", то есть Валерке.

НА КРАЮ СВЕТА

ГЛАВА ПЕРВАЯ

Ранним вечером, на святках, мы сидели за чайным столом в большой голубой гостиной архиерейского дома. Нас было семь человек, восьмой наш хозяин, тогда уже весьма престарелый архиепископ, больной и немощный. Гости были люди просвещенные, и между ними шел интересный разговор о нашей вере и о нашем неверии, о нашем проповедничестве в храмах и о просветительных трудах наших миссий на Востоке. В числе собеседников находился некто флота-капитан Б., очень добрый человек, но большой нападчик на русское духовенство. Он твердил, что наши миссионеры совершенно неспособны к своему делу, и радовался, что правительство разрешило теперь трудиться на пользу слова божия чужеземным евангелическим пасторам. Б. выражал твердую уверенность, что эти проповедники будут у нас иметь огромный успех не среди одних евреев и докажут, как два и два — четыре, неспособность русского духовенства к миссионерской проповеди.

Наш почтенный хозяин в продолжение этого разговора хранил глубокое молчание: он сидел с покрытыми пледом ногами в своем глубоком вольтеровском кресле и, по-видимому, думал о чем-то другом; но когда Б. кончил, старый владыка вздохнул и проговорил:

— Мне кажется, господа, что вы господина капитана напрасно бы стали оспаривать; я думаю, что он прав: чужеземные миссионеры положительно должны иметь у нас большой успех.

— Я очень счастлив, владыко, что вы разделяете мое мнение, — отвечал капитан Б. и, сделав вслед за сим несколько самых благопристойных и тонких комплиментов известной образованности ума и благородству характера архиерея, добавил:

— Ваше высокопреосвященство, разумеется, лучше меня знаете все недостатки русской церкви, где, конечно, среди духовенства есть люди и очень умные и очень добрые, — я этого никак не стану оспаривать, но они едва ли понимают Христа.

Их положение и прочее... заставляет их толковать все... слишком узко.

Архиерей посмотрел на него, улыбнулся и ответил:

— Да, господин капитан, скромность моя не оскорбится признать, что я, может быть, не хуже вас знаю все скорби церкви; но справедливость была бы оскорблена, если бы я решился признать вместе с вами, что в России господа Христа понимают менее, чем в Тюбингене, Лондоне или Женеве.

— Об этом, владыко, еще можно спорить.

Архиерей снова улыбнулся и сказал:

— А вы, я вижу, охочи спорить. Что с вами делать! От спора мы воздержимся, а беседовать — давайте.

И с этим словом он взял со стола большой, богато украшенный резьбою из слоновой кости, альбом и, раскрыв его, сказал:

— Вот наш господь! Зову вас посмотреть! Здесь я собрал много изображений его лица. Вот он сидит у кладезя с женой самаритянской — работа дивная; художник, надо думать, понимал и лицо и момент.

— Да; мне тоже кажется, владыко, что это сделано с понятием, — отвечал Б.

— Однако нет ли здесь в божественном лице излишней мягкости? не кажется ли вам, что ему уж слишком все равно, сколько эта женщина имела мужей и что нынешний муж — ей не муж?

Все молчали; архиерей это заметил и продолжал:

— Мне кажется, сюда немного строгого внимания было бы чертой нелишнею.

— Вы правы может быть, владыко.

— Распространенная картина; мне доводилось ее часто видеть, по преимуществу у дам. Посмотрим далее. Опять великий мастер. Христа целует здесь Иуда. Как кажется вам здесь господень лик? Какая сдержанность и доброта! Не правда ли? Прекрасное изображение!

— Прекрасный лик!

— Однако не слишком ли много здесь усилия сдерживаться? Смотрите: левая щека, мне кажется, дрожит, и на устах как бы гадливость.

— Конечно, это есть, владыко.

— О да; да ведь Иуда ее уж, разумеется, и стоил; и раб и льстец — он очень мог ее вызвать у всякого... только, впрочем, не у Христа, который ничем не брезговал, а всех жалел. Ну, мы этого пропустим; он нас, кажется, не совсем удовлетворяет, хотя я знаю одного большого сановника, который мне говорил, что он удачнее этого изображения Христа представить себе не может. Вот вновь Христос, и тоже кисть великая писала — Тициан: перед господом стоит коварный фарисей с динарием. Смотрите-ка, какой лукавый старец, но Христос... Христос... Ох, я боюсь! смотрите: нет ли тут презрения на его лице?

— Оно и быть могло, владыко!

— Могло, не спорю: старец гадок; но я, молясь, таким себе не мыслю господа и думаю, что это неудобно? Не правда ли?

Мы отвечали согласием, находя, что представлять лицо Христа в таком выражении неудобно, особенно вознося к нему молитвы.

— Совершенно с вами в этом согласен и даже припоминаю себе об этом спор мой некогда с одним дипломатом, которому этот Христос только и нравился; но, впрочем, что же?.. момент дипломатический. Но пойдемте далее: вот тут уже, с этих мест у меня начинаются одинокие изображения господа, без соседей. Вот вам снимок с прекрасной головы скульптора Кауера: хорош, хорош! — ни слова; но мне, воля ваша, эта академическая голова напоминает гораздо менее Христа, чем Платона. Вот он, еще... какой страдалец... какой ужасный вид придал ему Метсу!.. Не понимаю, зачем он его так избил, иссек и искровянил?.. Это, право, ужасно! Опухли веки, кровь и синяки... весь дух, кажется, из него выбит, и на одно страдающее тело уж смотреть даже страшно... Перевернем скорей. Он тут внушает только сострадание, и ничего более. — Вот вам Лафон, может быть и небольшой художник, да на многих нынче хорошо потрафил; он, как видите, понял Христа иначе, чем все предыдущие, и иначе его себе и нам представил: фигура стройная и привлекательная, лик добрый, голубиный взгляд под чистым лбом, и как легко волнуются здесь кудри: тут локоны, тут эти петушки, крутясь, легли на лбу. Красиво, право! а на руке его пылает сердце, обвитое терновою лозою. Это "Sacre coeur", что отцы иезуиты проповедуют; мне кто-то сказывал, что они и вдохновляли сего господина Лафона чертить это изображение; но оно, впрочем, нравится и тем, которые думают, что у них нет ничего общего с отцами иезуитами. Помню, мне как-то раз, в лютый мороз, довелось заехать в Петербурге к одному русскому князю, который показывал мне чудеса своих палат, и вот там, не совсем на месте — в зимнем саду, я увидел впервые этого Христа. Картина в рамочке стояла на столе, перед которым сидела княгиня и мечтала. Прекрасная была обстановка: пальмы, аурумы, бананы, щебечут и порхают птички, и она мечтает. О чем? Она мне сказала: "ищет Христа". Я тогда и всмотрелся в это изображение. Действительно, смотрите, как он эффектно выходит, или, лучше сказать, износится, из этой тьмы; за ним ничего: ни этих пророков, которые докучали всем, бегая в своих лохмотьях и цепляясь даже за царские колесницы, — ничего этого нет, а только тьма... тьма фантазии. Эта дама, — пошли ей бог здоровья, — первая мне и объяснила тайну, как находить Христа, после чего я и не спорю с господином капитаном, что иностранные проповедники у нас не одним жидам его покажут, а всем, кому хочется, чтобы он пришел под пальмы и бананы слушать канареек. Только он ли туда придет? Не пришел бы под его след кто другой к ним? Признаюсь вам, я этому щеголеватому канареечному Христу охотно предпочел бы вот эту жидоватую главу Гверчино, хотя и она говорит мне только о добром и восторженном раввине, которого, по определению господина Ренана, можно было любить и с удовольствием слушать... И вот вам сколько пониманий и представлений о том, кто один всем нам на потребу! Закроем теперь все это, и обернитесь к углу, к которому стоите спиною: опять лик Христов, и уже на сей раз это именно не лицо, — а лик. Типическое русское изображение господа: взгляд прям и прост, темя возвышенное, что, как известно, и по системе Лафатера означает способность возвышенного богопочтения; в лике есть выражение, но нет страстей. Как достигали такой прелести изображения наши старые мастера? — это осталось их тайной, которая и умерла вместе с ними и с их отверженным искусством. Просто — до невозможности желать простейшего в искусстве: черты чуть слегка означены, а впечатление полно; мужиковат он, правда, но при всем том ему подобает поклонение, и как кому угодно, а по-моему, наш простодушный мастер лучше всех понял — кого ему надо было написать. Мужиковат он, повторяю вам, и в зимний сад его не позовут послушать канареек, да что беды! — где он каким открылся, там таким и ходит; а к нам зашел он в рабьем зраке и так и ходит, не имея где главы приклонить от Петербурга до Камчатки. Знать ему это нравится принимать с нами поношения от тех, кто пьет кровь его и ее же проливает. И вот, в эту же меру, в какую, по-моему, проще и удачнее наше народное искусство поняло внешние черты Христова изображения, и народный дух наш, может быть, ближе к истине постиг и внутренние черты его характера. Не хотите ли, я вам расскажу некоторый, может быть не лишенный интереса, анекдот на этот случай.

— Ах, сделайте милость, владыко; мы все вас просим об этом!

— А, просите? — так и прекрасно: тогда и я вас прошу слушать и не перебивать, что я начну сказывать довольно издали.

Мы откашлянулись, поправились на местах, чтобы не шевелиться, и архиерей начал.

ГЛАВА ВТОРАЯ

— Мы должны, господа, мысленно перенестись за много лет назад: это будет относиться к тому времени, когда я еще, можно сказать довольно молодым человеком, был поставлен во епископы, в весьма отдаленную сибирскую епархию. Я был от природы нрава пылкого и любил, чтобы у меня было много дела, а потому не только не опечалился, а даже очень обрадовался этому дальнему назначению. Слава богу, думал я, что мне хотя для начала-то выпало на долю не только ставленников стричь да пьяных дьячков разбирать, а настоящее живое дело, которым можно с любовию заняться. Я разумел именно то наше малоуспешное миссионерство, о котором господин капитан изволил вспомнить в начале нашей сегодняшней беседы. Ехал я к своему месту, пылая рвением и с планами самыми обширными, и сразу же было и всю свою энергию остудил и, что еще важнее, — чуть-чуть было самого дела не перепортил, если бы мне не дан был спасительный урок в одном чудесном событии.

— Чудесное! — воскликнул кто-то из слушателей, позабыв условие не перебивать рассказа; но наш снисходительный хозяин за это не рассердился и отвечал:

— Да, господа, обмолвясь словом, могу его не брать назад: в том, что со мною случилось и о чем начал вам рассказывать — не без чудес, и чудеса эти начали мне являться чуть не с самого первого дня моего прибытия в мою полудикую епархию. Первое дело, с которого начинает свою деятельность русский архиерей, куда бы он ни попал, конечно есть обозрение внешности храмов и богослужения, — к этому обратился и я: велел, чтобы везде были приняты прочь с престолов лишние

Евангелия и кресты, благодаря которым эти престолы у нас часто превращаются в какие-то выставки магазина церковной утвари. Заказал себе столько ковриков с орлецами, сколько нужно было, чтобы они лежали на своих местах, чтобы не шмыгали у меня с ними под носом, подбрасывая их под ноги. С усилием и под страхом штрафов воздерживал дьяконов не ловить меня во время служения за локти и не забираться рядом со мною на горнее место, а наипаче всего не наделять тумаками и подзагривками бедных ставленников, у которых оттого, после приятия благодати святого духа, недели по две и загорбок и шея болит. И никто из вас мне не поверит, сколько все это стоит труда и какие приносит досады, особенно человеку нетерпеливому, каким я тогда был и остаюсь таковым же, к моему стыду, отчасти и доселе. Окончилось с этим, — надо было приниматься за второе архиерейское дело первой важности: удостовериться, умеют ли причетники читать хоть уж если не по писаному, то по крайней мере по печатному. Эти экзамены долго меня заняли и сильно досаждали мне, а порою и смешили. Безграмотный, или по крайней мере "неписьменный", дьячок или пономарь и теперь еще, пожалуй, отыщется в селе или в уездном городишке и внутри России, что и оказалось, когда им, несколько лет тому назад, пришлось в первый раз расписываться в получении жалованья. Но тогда, — во время оно, да еще в Сибири, — это было явление самое обыкновенное. Я их велел учить; они на меня, разумеется, плакались и прозвали меня "лютым"; приходы жаловались, что нет чтецов, что архиерей "церкви разоряет". Что тут делать! я стал отпускать на места таких дьячков, которые хоть на память читать умели, и — о боже! — что за людей я видел! Косые, хромые, гугнявые, юродивые и даже... какие-то одержимые. Один вместо "приидите, поклонимся Цареви нашему Богу", закрыв глаза, как перепел, колотил: "плитимбоу, плитимбоу" и заливался этим так, что удержать его было невозможно. Другой — уже это именно был одержимый, — он так искусился в скорохвате, что с каким-нибудь известным словом у него являлась своя ассоциация идей, которой он никак не мог не подчиняться. Такое слово для него было, например, "на небеси". Начнет читать: "Иже на всякое время, на всякий час на небеси..." и вдруг у него что-то в голове защелкнет, и он продолжает: "да святится Имя Твое, да приидет царствие". Что я с этим тираном ни мучился, все было тщетно! Велел ему по книге читать, — читает: "Иже на всякое время, на всякий час на небеси", но вдруг закрыл книгу и пошел: "да святится имя Твое", и залопотал до конца, и возглашает: "от лукавого".

Только тут и остановиться мог: оказалось, что он не умеет читать. За грамотностью дьячков очередь переходит к благонравию семинаристов, и опять начинаются чудеса. Семинария была до того распущена, воспитанники пьянствовали и до того бесчинствовали, что, например, один философ при инспекторе, кончая вечерние молитвы, прочел: "упование мое — Отец, прибежище мое — Сын, покров мой — Дух Святый: Троица Святая, — мое вам почтение"; а в богословском классе другая история: один после обеда благодарит, "яко насытил земных благ", и просит не лишить и "небесного царствия", а ему из толпы кричат: "Свинья! нажрался, да еще в царство небесное просишься".

Надо было подыскать как можно скорее инспектора, подходящего под мой дух, — тоже лютого; при большой спешности и небольшом выборе попался такой: лютости в нем оказалось довольно, но уже зато ничего другого не спрашивай.

— Я, — говорит, — ваше преосвященство, приму все это по-военному, чтобы сразу...

— Хорошо, — отвечаю, — примись по-военному...

Он и принялся и с того начал, что молитвы распорядился не читать, но петь хором, дабы устранить всякие шалости, и то петь по его команде. Взойдет он при полном молчании и, пока не скомандует, все безмолвствуют; скомандует: "Молитву!" и запоют. Но этот уже очень "по-военному" уставил; скомандует: "Молит-в-у-у!" Семинаристы только запоют "Очи всех, Господи, на Тя упов..." — он на половине слова кричит: "Ст-о-ой!" и подзывает одного:

— Фролов, поди сюда! Тот подходит.

— Ты Багреев?

— Нет-с, я Фролов.

— А-а: ты Фролов?! Отчего же это я думал, что ты Багреев?

Опять хохот, и опять ко мне жалобы. Нет, вижу — не годится этот с военными приемами, и нашел кое-как цивилиста, который был хотя не столь лют, но благоразумнее действовал: перед учениками притворялся самым слабым добряком, а мне все ябедничал и повсюду рассказывал ужасы о моем зверстве. Я это знал и, видя, что эта мера оказывается действительною, не претил его системе.

Насилу этих своею "лютостию" в повиновение привел, в зрелом возрасте чудеса пошли: доносят мне, что в соборного протоиерея воз сена в середину въехал и не может выехать. Посылаю узнавать; говорят: действительно так. Протопоп был тучный; после обедни крестил в купеческом доме и вдоволь облепихою угостился, а что от этой облепихи, что от другой тамошней ягоды, дикуши, хмель самый тяжелый и глупый. То и с этим сталось: пришел домой, часа четыре заснул, встал и, выпив жбан квасу, лег грудью на окно, чтобы поговорить с кем-то, кто внизу стоял, и вдруг... воз с сеном в него въехал. Ведь все это глупое такое, что даже противно сделается, а разделается, так, пожалуй, еще противней станет. На другой день келейник подает мне сапоги и докладывает, что "слава богу, говорит, из отца протопопа воз с сеном уже выехал".

— Очень рад, — говорю, — таковой радости; но подай-ка мне эту историю обстоятельно.

Оказывается, что протопоп, имевший двухэтажный дом, лег на окно, под которым были ворота, и в них в эту минуту въехал воз с сеном, причем ему, от облепихи и от сна до одури, показалось, что это в него въехало. Невероятно, но, однако, так было: credo, quia absurdum.[19]

Как же сего дивотворного мужа спасли?

А тоже дивотворно: встать он ни за что не соглашался, потому что в нем воз сидит; лекарь не находил лекарства против сего недуга. Тогда шаманку призвали; та повертелась, постучала и велела на дворе воз сена наложить и назад выехать; больной принял, что это из него выехало, и исцелел.

Ну, после этого делайте с ним что хотите, а он свое уже сделал: и людей насмешил, и шаманку призвал идольскими чарами его пользовать; а такие вещи там не в мешочке лежат, а по дорожке бежат. "Что-де попы, — они ничего не значат и сами наших шаманов зовут шайтана отгонять". И идут себе да идут этакие глупости. Долго я приправлял, как мог, сии дымящие лампады, и приходская часть мне через них невыносимо надокучила; но зато настал давно желанный и вожделенный миг, когда я мог всего себя посвятить трудам по просвещению диких овец моей паствы, пасущихся без пастыря.

Забрал я себе все касающиеся этой части бумаги и присел за них вплотную, так что и от стола не отхожу.

---

[19] Верю, потому что нелепо (лат.).

ГЛАВА ТРЕТЬЯ

Ознакомясь с миссионерскими отчетностями, я остался всею деятельностью недоволен более, чем деятельностью моего приходского духовенства: обращений в христианство было чрезвычайно мало, да и то ясно было, что добрая доля этих обращений значилась только на бумаге. На самом же деле одни из крещеных снова возвращались в свою прежнюю веру — ламайскую или шаманскую; а другие делали из всех этих вер самое странное и нелепое смешение: они молились и Христу с его апостолами, и Будде с его буддисидами да тенгеринами, и войлочным сумочкам с шаманскими ангонами. Двоеверие держалось не у одних кочевников, а почти и повсеместно в моей пастве, которая не представляла отдельной ветви какой-нибудь одной народности, а какие-то щепы и осколки бог весть когда и откуда сюда попавших племенных разновидностей, бедных по языку и еще более бедных по понятиям и фантазии. Видя, что все, касающееся миссионерства, находится здесь в таком хаосе, я возымел об этих моих сотрудниках мнение самое невыгодное и обошелся с ними нетерпеливо сурово. Вообще я стал очень раздражителен, и данное мне прозвище "лютого" начало мне приличествовать. Особенно испытал на себе печать моего гневливого нетерпения бедный монастырек, который я избрал для своего жительства и при котором желал основать школу для местных инородцев. Расспросив чернецов, я узнал, что в городе почти все говорят по-якутски, но из моих иноков изо всех по-инородчески говорит только один очень престарелый иеромонах, отец Кириак, да и тот к делу проповеди не годится, а если и годится, то, хоть его убей, не хочет идти к диким проповедовать.

— Что это, — спрашиваю, — за ослушник, и как он смеет? Сказать ему, что я этого не люблю и не потерплю.

Но экклезиарх мне отвечает, что слова мои передаст, но послушания от Кириака не ожидает, потому что это уже ему не первое: что и два мои быстро друг за другом сменившиеся предместника с ним строгость пробовали, но он уперся и одно отвечает:

— "Душу за моего Христа положить рад, а крестить там (то есть в пустынях) не стану". Даже, говорит, сам просил лучше сана его лишить, но туда не посылать. И от священнодействия много лет был за это ослушание запрещен, но нимало тем не тяготился, а, напротив, с радостью нес самую простую службу:

то сторожем, то в звонарне. И всеми любим: и братией, и мирянами, и даже язычниками.

— Как? — удивляюсь, — неужто даже и язычниками?

— Да, владыко, и язычники к нему иные заходят.

— За каким же делом?

— Уважают его как-то исстари, когда еще он на проповедь ездил в прежнее время.

— Да каков он был в то, в прежнее-то время?

— Прежде самый успешный миссионер был и множество людей обращал.

— Что же ему такое сделалось? отчего он бросил эту деятельность?

— Понять нельзя, владыко; вдруг ему что-то приключилось: вернулся из степей, принес в алтарь мирницу и дароносицу и говорит: "Ставлю и не возьму опять, доколе не придет час".

— Какой же ему нужен час? что он под сим разумеет?

— Не знаю, владыко.

— Да неужто же вы у него никто этого не добивались? О, роде лукавый, доколе живу с вами и терплю вас? Как вас это ничто, дела касающееся, не интересует? Попомните себе, что если тех, кои ни горячи, ни холодны, господь обещал изблевать с уст своих, то чего удостоитесь вы, совершенно холодные?

Но мой экклезиарх оправдывается:

— Всячески, — говорит, — владыко, мы у него любопытствовали, но он одно отвечает: "Нет, говорит, детушки, это дело не шутка, — это страшное... я на это смотреть не могу".

А что такое страшное, на это экклезиарх не мог мне ничего обстоятельного ответить, а сказал только, что "полагаем-де так, что отцу Кириаку при проповеди какое-либо откровение было". Меня это рассердило. Признаюсь вам, я недолюбливаю этот ассортимент "слывущих", которые вживе чудеса творят и непосредственными откровениями хвалятся, и причины имею их недолюбливать. А потому я сейчас же потребовал этого строптивого Кириака к себе и, не довольствуясь тем, что уже достаточно слыл грозным и лютым, взял да еще принасупился: был готов опалить его гневом, как только покажется. Но пришел к моим очам монашек такой маленький, такой тихий, что не на кого и взоров метать; одет в облинялой коленкоровой ряске, клобук толстым сукном покрыт, собой черненький, востролиценький, а входит бодро, без всякого подобострастия, и первый меня приветствует:

— Здравствуй, владыко!

Я не отвечаю на его приветствие, а начинаю сурово:

— Ты что это здесь чудишь, приятель?

— Как, — говорит, — владыко? Прости, будь милостив: я маленько на ухо туг — не все дослышал.

Я еще погромче повторил.

— Теперь, мол, понял?

— Нет, — отвечает, — ничего не понял.

— А почему ты с проповедью идти не хочешь и крестить инородцев избегаешь?

— Я, — говорит, — владыко, ездил и крестил, пока опыта не имел.

— Да, мол, а опыт получивши, и перестал?

— Перестал.

— Что же сему за причина? Вздохнул и отвечает:

— В сердце моем сия причина, владыко, и сердцеведец ее видит, что велика она и мне. немощному, непосильна... Не могу!

И с сим в ноги мне поклонился. Я его поднял и говорю:

— Ты мне не кланяйся, а объясни: что ты, откровение, что ли, какое получил или с самим богом беседовал?

Он с кроткою укоризною отвечает:

— Не смейся, владыко; я не Моисей, божий избранник, чтобы мне с богом беседовать; тебе грех так думать.

Я устыдился своего пыла и смягчился, и говорю ему:

— Так что же? за чем дело?

— А за тем, видно, и дело, — отвечает, — что я не Моисей, что я, владыко, робок и свою силу-меру знаю: из Египта-то языческого я вывесть — выведу, а Чермного моря не рассеку и из степи не выведу, и воздвигну простые сердца на ропот к преобиде духа святого.

Видя этакую образность в его живой речи, я было заключил, что он, вероятно, сам из раскольников, и спрашиваю:

— Да ты сам-то каким чудом в единение с церковью приведен?

— Я, — отвечает, — в единении с нею с моего младенчества и пребуду в нем даже до гроба.

И рассказал мне препростое и престранное свое происхождение. Отец у него был поп, рано овдовел; повенчал какую-то незаконную свадьбу и был лишен места, да так, что всю жизнь потом не мог себе его нигде отыскать, а состоял при некоей пожилой важной даме, которая всю жизнь с места на место ездила и, боясь умереть без покаяния, для этого случая сего попа при себе возила. Едет она — он на передней лавочке с нею в карете сидит; а она в дом войдет — он в передней с

83

лакеями ее ожидает. И можете себе вообразить человека, у которого этакая была вся жизнь! А между тем он, не имея уже своего алтаря, питался буквально от своей дароносицы, которая с ним за пазухою путешествовала, и на сынишку он у этой дамы какие-то крохи вымаливал, чтобы в училище его содержать. Так они и в Сибирь попали: барыня сюда поехала дочь навестить, которая была тут за губернатором замужем, и попа с дароносицей на передней лавочке привезла. Но как путь был далекий, да к тому же еще барыня тут долго оставаться собиралась, то попик, любя сынишку, не соглашался без него ехать. Барыня подумала-подумала — и, видя, что ей родительских чувств не переупрямить, согласилась и взяла с собою и мальчишку. Так он сзади за каретою переехал из Европы в Азию, имея при сем путевым долгом охранять своим присутствием привязанный на запятках чемодан, на котором и самого его привязали, дабы сонный не свалился. Тут и его барыня и его отец умерли, а он остался, за бедностию курса не кончил, в солдаты попал, этап водил. Имея меткий глаз, по приказанию начальства, не целясь, вдогон за каким-то беглым пулю пустил и без всякого желания, на свое горе, убил того, и с той поры он все страдал, все мучился и, сделавшись негодным к службе, в монахи пошел, где его отличное поведение было замечено, а знание инородческого языка и его религиозность побудили склонить его к миссионерству.

Выслушал я эту простую, но трогательную повесть старика, и стало мне его до жуткости жалко, и чтобы переменить с ним тон, я ему говорю:

— Так, стало быть, это, что подозревают, будто ты чудеса какие-нибудь видел, это неправда?

Но он отвечает:

— Отчего же, владыко, неправда?

— Как?.. так ты видел чудеса?

— Кто же, владыко, чудес не видел?

— Однако?

— Что однако? Куда ни глянь — все чудо: вода ходит в облаке, воздух землю держит, как перышко; вот мы с тобою прах и пепел, а движемся и мыслим, и то мне чудесно; а умрем, и прах рассыпется, а дух пойдет к тому, кто его в нас заключил. И то мне чудно: как он наг безо всего пойдет? кто ему крыла даст, яко голубице, да полетит и почиет?

— Ну, это-то, мол, мы оставим другим рассуждать, а ты скажи мне, не виляя умом: не было ли с тобою в жизни каких-либо необычайных явлений или чего иного в сем роде?

— Было отчасти и это.

— Что же такое?

— Очень, — говорит, — владыко, с детства я был взыскан божиею милостию и недостойно получал дважды чудесные заступления.

— Гм? рассказывай.

— Первый раз это было, владыко, в сущем младенчестве. В третьем классе я был еще, и очень мне в поле гулять идти хотелось. Мы, трое мальчишек, пошли у смотрителя рекреацию просить, да не выпросили и решились солгать, а зачинщик всему тому я был. "Давай, говорю, ребята, всех обманем, побежим и закричим: отпустил, отпустил!" Так и сделали; все с нашего слова и разбежались из классов и пошли гулять и купаться да рыбчонку ловить. А к вечеру на меня страх и напал: что мне будет, как домой вернемся? — запорет смотритель. Прихожу и гляжу — уже и розги в лохани стоят; я скорей драла, да в баню, спрятался под полок, да и ну молиться: "Господи! хоть нельзя, чтобы меня не пороть, но сделай, чтобы не пороли!" И так усердно об этом в жару веры молился, что даже запотел и обессилел; но тут вдруг на меня чудной прохладой тихой повеяло, и у сердца как голубок тепленький зашевелился, и стал я верить в невозможность спасения как в возможное, и покой ощутил и такую отвагу, что вот не боюсь ничего, да и кончено! И взял да и спать лег: а просыпаюсь, слышу, товарищи-ребятишки весело кричат: "Кирюшка! Кирюшка! где ты? вылезай скорей, — тебя пороть не будут, ревизор приехал и нас гулять отпустил".

— Чудо, — говорю, — твое простое.

— Просто и есть, владыко, как сама троица во единице — простое существо, — отвечал он и с неописаннейшим блаженством во взоре добавил:

— Да ведь как я, владыко, его чувствовал-то! Как пришел-то он, батюшка мой, отрадненький! удивил и обрадовал. Сам суди: всей вселенной он не в обхват, а, видя ребячью скорбь, под банный полочек к мальчонке подполз в дусе хлада тонка и за пазушкой обитал...

Я вам должен признаться, что я более всяких представлений о божестве люблю этого нашего русского бога, который творит себе обитель "за пазушкой". Тут, что нам господа греки ни толкуй и как ни доказывай, что мы им обязаны тем, что и бога через них знаем, а не они нам его открыли; — не в их пышном византийстве мы обрели его в дыме каждений, а он у нас свой, притоманный и по-нашему, попросту, всюду ходит, и под банный полочек без ладана в дусе

85

хлада тонка проникнет, и за теплой пазухой голубком приоборкается.

— Продолжай, — говорю, — отец Кириак, — о другом чуде рассказа жду.

— Сейчас и про другое, владыко. Это было, как я стал уже дальше от него, помаловернее, — это было, как я сюда за каретою ехал. Взять меня надо было из российского училища и сюда перевести перед самым экзаменом. Я не боялся, потому что первым учеником был и меня бы без экзамена в семинарию приняли; а смотритель возьми да и напиши мне свидетельство во всем посредственное. "Это, говорит, нарочно, для нашей славы, чтобы тебя там экзаменовать стали и увидали, каковых мы за посредственных считаем". Горе было нам с отцом ужасное; а к тому же, хотя отец меня и заставлял, чтобы я дорогою, на запятках сидя, учился, но я раз заснул и, через речку вброд переезжая, все книжки свои потерял. Сам горько плачучи, отец прежестоко меня за это на постоялом дворе выпорол; а все-таки, пока мы до Сибири доехали, я все позабыл и начинаю опять по-ребячьи молиться: "Господи, помоги! сделай, чтобы меня без экзамена приняли". Нет; как его ни просил, посмотрели на мое свидетельство и велели на экзамен идти. Прихожу печальный; все ребята веселые и в чехарду друг через дружку прыгают, — один я такой, да еще другой, тощий-претощий, мальчишка сидит, не учится, так, от слабости, говорит "лихорадка забила". А я сижу, гляжу в книгу и начинаю в уме перекоряться с господом: "Ну что же? думаю, ведь уж как я тебя просил, а ты вот ничего и не сделал!" И с этим встал, чтобы пойти воды напиться, а меня как что-то по самой середине камеры хлоп по затылку и на пол бросило... Я подумал: "Это, верно, за наказание! помочь-то бог мне ничего не помог, а вот еще и ударил". Ан смотрю, нет: это просто тот больной мальчик через меня прыгнуть вздумал, да не осилил, и сам упал и меня сбил. А другие мне говорят: "Гляди-ка, чужак, у тебя рука-то мотается". Попробовал, а рука сломана. Повели меня в больницу и положили, а отец туда пришел и говорит: "Не тужи, Кирюша, тебя зато теперь без экзамена приняли". Тут я и понял, как бог-то все устроил, и плакать стал... А экзамен-то легкий-прелегкий был, так что я его шутя бы и выдержал. Значит, не знал я, дурачок, чего просил, но и то исполнено, да еще с вразумлением.

— Ах ты, — говорю, — отец Кириак, отец Кириак, да ты человек преутешительный!.. — Расцеловал я его неоднократно, отпустил и, ни о чем более не расспрашивая, велел ему с

86

завтрашнего же дня ходить ко мне учить меня тунгузскому и якутскому языку.

ГЛАВА ЧЕТВЕРТАЯ

Но отступив со своею суровостию от Кириака, я зато напустился на прочих монахов своего монастырька, от коих, по правде сказать, не видал ни Кириакова простодушия и никакого дела на службу веры полезного: живут себе этаким, так сказать, форпостом христианства в краю язычников, а ничего, ленивцы, не делают — даже языку туземному ни один не озаботился научиться.

Щунял я их, щунял келейно и, наконец, с амвона на них громыхнул словом царя Ивана к преподобному Гурию, что "напрасно-де именуют чернецов ангелами, — нет им с ангелами сравнения, ни какого-либо подобия, а должны они уподобляться апостолам, которых Христос послал учить и крестить!"

Кириак приходит ко мне на другой день урок давать и прямо мне в ноги:

— Что ты? что ты? — говорю, подымая его, — учителю благий, тебе это не довлеет ученику в ноги кланяться.

— Нет, владыко, уж очень ты меня утешил, так утешил, что я и в жизнь не чаял такого утешения!

— Да чем, — говорю, — божий человек, ты так мною обрадован?

— А что велишь монахам учиться, да идучи вперед учить, а потом крестить; ты прав, владыко, что такой порядок устроил, его и Христос велел, и приточник поучает: "идеже несть учения души, несть добра". Крестить-то они все могучи, а обучить слову нетяги.

— Ну, уж это, — говорю, — ты меня, брат, кажется, шире понял, чем я говорил; этак ведь, по-твоему, и детей бы не надо крестить.

— Дети христианские другое дело, владыко.

— Ну да; и предков бы наших князь Владимир не окрестил, если бы долго от них наученbearости ждал.

А он мне отвечает:

— Эх, владыко, да ведь и впрямь бы их, может, прежде поучить лучше было. А то сам, чай, в летописи читал — все больно скоро варом вскипело, "понеже благочестие его со страхом бе сопряжено". Платон митрополит мудро сказал: "Владимир поспешил, а греки слукавили, — невежд ненаученных окрестили". Что нам их спешке с лукавством следовать? ведь они, знаешь, "льстивы даже до сего дня". Итак, во Христа-то мы крестимся, да во Христа не облекаемся. Тщетно это так крестить, владыко!

— Как, — говорю, — тщетно? Отец Кириак, что ты это, батюшка, проповедуешь?

— А что же, — отвечает, — владыко? — ведь это благочестивой тростью писано, что одно водное крещение невежде к приобретению жизни вечной не служит.

Посмотрел я на него и говорю серьезно:

— Послушай, отец Кириак, ведь ты еретичествуешь.

— Нет, — отвечает, — во мне нет ереси, я по тайноводству святого Кирилла Иерусалимского правоверно говорю: "Симон Волхв в купели тело омочи водою, но сердце не просвети духом, и сниде, и изыде телом, а душою не спогребеся, и не возста". Что окрестился, что выкупался, все равно христианином не был. Жив господь и жива душа твоя, владыко, — вспомни, разве не писано будут и крещеные, которые услышат "не вем вас", и некрещеные, которые от дел совести оправдятся и внидут, яко хранившие правду и истину. Неужели же ты сие отметаешь?

Ну, думаю, подождем об этом беседовать, и говорю:

— Давай-ка, — говорю, — брат, не иерусалимскому, а дикарскому языку учиться, бери указку, да не больно сердись, если я не толков буду.

— Я не сердит, владыко, — отвечает.

И точно, удивительно был благодушный и откровенный старик и прекрасно учил меня. Толково и быстро открыл он мне все таинства, как постичь эту молвь, такую бедную и немногословную, что ее едва ли можно и языком назвать. Во всяком разе это не более как язык жизни животной, а не жизни умственной; а между тем усвоить его очень трудно: обороты речи, краткие и непериодические, делают крайне затруднительным переводы на эту молвь всякого текста, изложенного по правилам языка выработанного, со сложными периодами и подчиненными предложениями; а выражения поэтические и фигуральные на него вовсе не переводимы, да и понятия, ими выражаемые, остались бы для этого бедного люда недоступны. Как рассказать им смысл слов: "Будьте хитры, как змии, и незлобивы, как голуби", когда они и ни змеи

88

и ни голубя никогда не видали и даже представить их себе не могут. Нельзя им подобрать слов: ни мученик, ни креститель, ни предтеча, а пресвятую деву если перевести по-ихнему словами шочмо Абя, то выйдет не наша богородица, а какое-то шаманское божество женского пола, — короче сказать — богиня. Про заслуги же святой крови или про другие тайны веры еще труднее говорить, а строить им какую-нибудь богословскую систему или просто слово молвить о рождении без мужа, от девы, — и думать нечего: они или ничего не поймут, и это самое лучшее, а то, пожалуй, еще прямо в глаза расхохочутся.

Все это мне передал Кириак, и передал так превосходно, что я, узнав дух языка, постиг и весь дух этого бедного народа; и что всего мне было самому над собою забавнее, что Кириак с меня самым незаметным образом всю мою напускную суровость сбил: между нами установились отношения самые приятные, легкие и такие шутливые, что я, держась сего шутливого тона, при конце своих уроков велел горшок каши сварить, положил на него серебряный рубль денег да черного сукна на рясу и понес все это, как выученик, к Кириаку в келью.

Он жил под колокольнею в такой маленькой келье, что как я вошел туда, так двоим и повернуться негде, а своды прямо на темя давят; но все тут опрятно, и даже на полутемном окне с решеткою в разбитом варистом горшке астра цветет.

Кириака я застал за делом — он низал что-то из рыбьей чешуи и нашивал на холстик.

— Что ты это, — говорю, — стряпаешь?

— Уборчики, владыко.

— Какие уборчики?

— А вот девчонкам маленьким дикарским уборчики: они на ярмарку приезжают, я им и дарю.

— Это ты язычниц неверных радуешь?

— И-и, владыко! полно-ка тебе все так: "неверные" да "неверные"; всех один господь создал; жалеть их, слепых, надо.

— Просвещать, отец Кириак.

— Просветить, — говорит, — хорошо это, владыко, просветить. Просвети, просвети, — и зашептал: "Да просветится свет твой пред человеки, когда увидят добрыя твоя дела".

— А я вот, — говорю, — к тебе с поклоном пришел и за выучку горшок каши принес.

— Ну что же, хорошо, — говорит, — садись же и сам при горшке посиди — гость будешь.

Усадил он меня на обрубочек, сам сел на другой, а кашу мою на скамью поставил и говорит:

— Ну, покушай у меня, владыко; твоим же добром да тебе же челом.

Стали мы есть со стариком кашу и разговорились.

ГЛАВА ПЯТАЯ

Меня, по правде сказать, очень занимало, что такое отклонило Кириака от его успешной миссионерской деятельности и заставило так странно, по тогдашнему моему взгляду — почти преступно или во всяком случае соблазнительно относиться к этому делу.

— О чем, — говорю, — станем беседовать? — к доброму привету хороша и беседа добрая. Скажи же мне: не знаешь ли ты, как нам научить вере вот этих инородцев, которых ты все под свою защиту берешь?

— А учить надо, владыко, учить, да от доброго жития пример им показать.

— Да где же мы с тобою их будем учить?

— Не знаю, владыко; к ним бы надо с научением идти.

— То-то и есть.

— Да, учить надо, владыко; и утром сеять семя, и вечером не давать отдыха руке, — все сеять.

— Хорошо говоришь, — отчего же ты так не делаешь?

— Освободи, владыко, не спрашивай.

— Нет уж, расскажи.

— А требуешь рассказать, так поясни: зачем мне туда идти?

— Учить и крестить.

— Учить? — учить-то, владыко, неспособно.

— Отчего? враг, что ли, не дает?

— Не-ет! что враг, — велика ли он для крещеного человека особа: его одним пальчиком перекрести, он и сгинет; а вражки мешают, — вот беда!

— Что это за вражки?

— А вот куцые одетели, отцы благодетели, приказные, чиновные, с приписью подьячие.

— Эти, стало быть, самого врага сильней?

— Как же можно: сей род, знаешь, ничем не изымается, даже ни молитвою, ни постом.

— Ну, так надо, значит, просто крестить, как все крестят.

— Крестить... — проговорил за мною Кириак, и — вдруг замолчал и улыбнулся.

— Что же? продолжай.

Улыбка сошла с губ Кириака, и он с серьезною и даже суровою миной добавил:

— Нет, я скорохватом не хочу это делать, владыко.

— Что-о-о!

— Я не хочу этого так делать, владыко, вот что! — отвечал он твердо и опять улыбнулся.

— Чего ты смеешься? — говорю. — А если я тебе велю крестить?

— Не послушаю, — отвечал он, добродушно улыбнувшись, и, фамильярно хлопнув меня рукою по колену, заговорил:

— Слушай, владыко, читал ты или нет, — есть в житиях одна славная повесть.

Но я его перебил и говорю:

— Поосвободи, пожалуйста, меня с житиями: здесь о слове божием, а не о преданиях человеческих. Вы, чернецы, знаете, что в житиях можно и того и другого достать, и потому и любите все из житий хватать.

А он отвечает:

— Дай же мне, владыко, кончить; может, я и из житий что-нибудь прикладно скажу.

И рассказал старую историю из первых христианских веков о двух друзьях — христианине и язычнике, из коих первый часто говорил последнему о христианстве и так ему этим надокучил, что тот, будучи до тех пор равнодушен, вдруг стал ругаться и изрыгать самые злые хулы на Христа и на христианство, а при этом его подхватил конь и убил. Друг христианин видел в этом чудо и был в ужасе, что друг его язычник оставил жизнь в таком враждебном ко Христу настроении. Христианин сокрушался об этом и горько плакал, говоря: "Лучше бы я ему совсем ничего о Христе не говорил, — он бы тогда на него не раздражался и ответа бы в том не дал". Но, к утешению его, он известился духовно, что друг его принят Христом, потому что, когда язычнику никто не докучал настойчивостью, то он сам с собою размышлял о Христе и призвал его в своем последнем вздохе.

— А тот, — говорит, — тут и был у его сердца: сейчас и обнял и обитель дал.

— Это опять, значит, все дело свертелось "за пазушкой"?

— Да, за пазушкой.

— Вот это-то, — говорю, — твоя беда, отец Кириак, что ты все на пазуху-то уже очень располагаешься.

— Ах, владыко, да как же на нее не полагаться: тайны-то уже там очень большие творятся — вся благодать оттуда идет: и материно молоко детопитательное, и любовь там живет, и вера. Верь — так, владыко. Там она, вся там; сердцем одним ее только и вызовешь, а не разумом. Разум ее не созидает, а разрушает: он родит сомнения, владыко, а вера покой дает, радость дает... Это, я тебе скажу, меня обильно утешает; ты вот глядишь, как дело идет, да сердишься, а я все радуюсь.

— Чему же ты радуешься?

— А тому, что все добро зело.

— Что такое: добро зело?

— Все, владыко: и что нам указано и что от нас сокрыто. Я думаю так, владыко, что мы все на один пир идем.

— Говори, сделай милость, ясней: ты водное крещение-то просто-напросто совсем отметаешь, что ли?

— Ну вот: и отметаю! Эх, владыко, владыко! сколько я лет томился, все ждал человека, с которым бы о духовном свободно по духу побеседовать, и, узнав тебя, думал, что вот такого дождался; а и ты сейчас, как стряпчий, за слово емлешься! Что тебе надо? — слово всяко ложь, и я тож. Я ничего не отметаю; а ты обсуди, какие мне приклады разные приходят — и от любви, а не от ненависти. Яви терпение, — вслушайся.

— Хорошо, — отвечаю, — буду слушать, что ты хочешь проповедовать.

— Ну, вот мы с тобою крещены, — ну, это и хорошо; нам этим как билет дан на пир; мы и идем и знаем, что мы званы, потому что у нас и билет есть.

— Ну!

— Ну а теперь видим, что рядом с нами туда же бредет человечек без билета. Мы думаем: "Вот дурачок! напрасно он идет: не пустят его! Придет, а его привратники вон выгонят". А придем и увидим: привратники-то его погонят, что билета нет, а хозяин увидит, да, может быть, и пустить велит, — скажет: "Ничего, что билета нет, — я его и так знаю: пожалуй, входи", да и введет, да еще, гляди, лучше иного, который с билетом пришел, станет чествовать.

— Ты, — говорю, — это им так и внушаешь?

— Нет; что им это внушать? это я только про себя так о всех рассуждаю, по Христовой добрости да мудрости.

— Да то-то; мудрость-то его ты понимаешь ли?

— Где, владыко, понимать! — ее не поймешь, а так... что сердце чувствует, говорю. Я, когда мне что нужно сделать, сейчас себя в уме спрашиваю: можно ли это сделать во славу Христову? Если можно, так делаю, а если нельзя — того не хочу делать.

— В этом, значит, твой главный катехизис?

— В этом, владыко, и главный и не главный, — весь в этом; для простых сердец это, владыко, куда как сподручно! — просто ведь это: водкой во славу Христову упиваться нельзя, драться и красть во славу Христову нельзя, человека без помощи бросить нельзя... И дикари это скоро понимают и хвалят: "Хорош, говорят, ваш Христосик — праведный" — по-ихнему это так выходит.

— Что же... это, пожалуй, хоть и так — хорошо.

— Ничего, владыко, — изрядно; а вот что мне нехорошо кажется: как придут новокрещенцы в город и видят все, что тут крещеные делают, и спрашивают: можно ли то во славу Христову делать? что им отвечать, владыко? христиане это тут живут или нехристи? Сказать: "нехристи" — стыдно, назвать христианами — греха страшно.

— Как же ты отвечаешь?

Кириак только рукой махнул и прошептал:

— Ничего не говорю, а... плачу только.

Я понял, что его религиозная мораль попала в столкновение с своего рода "политикою". Он Тертуллиана "О зрелищах" читал и вывел, что "во славу Христову" нельзя ни в театры ходить, ни танцевать, ни в карты играть, ни многого иного творить, без чего современные нам, наружные христиане уже обходиться не умеют. Он был своего рода новатор и, видя этот обветшавший мир, стыдился его и чаял нового, полного духа и истины.

Как я ему это намекнул, он мне сейчас и поддакнул.

— Да, — говорит, — да, эти люди плоть, — а что плоть-то показывать? — ее надо закрывать. Пусть хотя не хулится через них имя Христово в языцех.

— А зачем это к тебе, говорят, будто инородцы и до сих пор приходят?

— Верят мне и приходят.

— То-то; зачем?

— Поспорят когда или поссорятся, и идут: "Разбери, говорят, по-христосикову".

— Ты и разбираешь?

— Да, я обычай их знаю; а ум Христов приложу и скажу, как быть.

— Они и примут?

— Примут: они его справедливость любят. А другой раз больные приходят или бесные, — просят помолиться.

— Как же ты бесных лечишь? отчитываешь, что ли?

— Нет, владыко; так, помолюсь, да успокою.

— Ведь на это их шаманы слывут искусниками.

— Так, владыко, — не ровен шаман; иные и впрямь немало тайных сил природных знают; ну да ведь и шаманы ничего... Они меня знают и иные сами ко мне людей шлют.

— Откуда же у тебя и с шаманами приязнь?

— А вот как: ламы буддийские на них гонение сделали, — их, этих шаманов, тогда наши чиновники много в острог забрали, а в остроге дикому человеку скучно: с иными бог весть что деется. Ну я, грешник, в острог ходил, калачиков для них по купцам выпрашивал и словцом утешал.

— Ну и что же?

— Благодарны, берут Христа ради и хвалят его: хорош, говорят, — добр. Да ты молчи, владыко, они сами не чуют, как края ризы его касаются.

— Да ведь как, — говорю, — касаются-то? все ведь это без толку!

— И, владыко! что ты все сразу так сунешься! Божие дело своей ходой, без суеты идет. Не шесть ли водоносов было на пиру в Канне, а ведь не все их, чай, сразу наполнили, а один за другим наливали; Христос, батюшка, сам уже на что велик чудотворец, а и то слепому жиду прежде поплевал на глаза, а потом открыл их; а эти ведь еще слепее жида. Что от них сразу-то много требовать? Пусть за краек его ризочки держатся — доброту его чувствуют, а он их сам к себе уволочет.

— Ну вот, уже и "уволочет"!

— А что же?

— Да какие ты слова-то неуместные употребляешь.

— А чем, владыко, неуместное, — слово препростое. Он, благодетель наш, ведь и сам не боярского рода, за простоту не судится. Род его кто исповесть; а он с пастухами ходил, с грешниками гулял и шелудивой овцой не брезговал, а где найдет ее, взвалит себе, как она есть, на святые рамена и тащит к отцу. Ну а тот... что ему делать? — не хочет многострадального сына огорчить, — замарашку ради его на двор овчий пустит.

— Ну, — говорю, — хорошо; в катехизаторы ты, брат Кириак, совсем не годишься, а в крестители ты, хоть и еретичествуешь немножко, однако пригоден, и как себе хочешь, а я тебе снаряжу крестить.

Но Кириак ужасно взволновался и расстроился.

94

— Помилуй, — говорит, — владыко: к чему тебе меня нудить? Да запретит тебе Христос это сделать! И ничего из этого не последует, ничего, ничего и ничего!

— Отчего же это так?

— Так; потому что сия дверь для нас затворена.

— Кто же ее затворил?

— А тот, который имеет ключ Давидов: "Отверзаяй и никтоже отворит, затворяяй и никтоже отверзет". Или ты Апокалипсис позабыл?

— Кириак, — говорю, — многия книги безумным тя творят.

— Нет, владыко, я не безумен, а ты меня если не послушаешь, то людей обидишь, и духа святого оскорбишь, и только одних церковных приказных обрадуешь, чтобы им в твоих отчетах больше лгать да хвастать.

Я его перестал слушать, однако не оставлял мысли со временем его перекапризить и непременно его послать. Но что бы вы думали? — ведь не один простосердечный ветхозаветный Аммос, собирая ягоды, вдруг стал пророчествовать, — и мой Кириак мне напророчил, и его слова "да запретит тебе Христос" начали действовать. В это самое время я, как нарочно, получил из Петербурга извещение, что, по тамошнему благоусмотрению, у нас в Сибири увеличивается число буддийских капищ и удваиваются штаты лам. Я хоть и в русской земле рожден и приучен был не дивиться никаким неожиданностям, но, признаюсь, этот порядок contra jus et fas[20] изумил меня, а что гораздо хуже, — он совсем с толку сбивал бедных новокрещенцев и, может быть, еще большей жалости достойных миссионеров. Весть с этим радостным событием, во вред христианству и в пользу буддизма, как вихрем разнеслась по всему краю. Для ее распространения скакали лошади, скакали олени, скакали собаки, и Сибирь оповестилась, что "все преодолевший и все отвергший" бог Фо в Петербурге "одолел и отверг и Христосика". Торжествующие ламы уверяли, что уже все наше верховное правительство и сам наш далай-лама, то есть митрополит, приняли буддийскую веру. Перепугались миссионеры, известясь о сем; не знали, что им делать; иные из них, кажется, отчасти сомневались: уж и впрямь не повернуло ли в Петербурге дело на ламайскую сторону, как оно в то тонкое и каверзливое время поворачивало на католическую, а ныне, в сию многодумную и дурашливую пору, поворачивает на спиритскую. Только нынче оно, разумеется, совершается спокойнее, потому что теперь кумир хотя и ледащенький

---

[20] Против закона и справедливости — лат.

выбран, но зато теперь и против этого рожна прать никому не охота; а тогда еще этой хладнокровной выдержки недоставало во многих и, в числе прочих, во мне грешном. Я не мог равнодушно смотреть на моих бедных крестителей, которые пешком плелись из степей ко мне под защиту. Им одним по всему краю не было ни лошадиной клячи, ни оленя, ни собаки, и они, бог их знает как, лезли пешие по сугробам и пришли оборванные, обмаранные, истинно уже не как иереи бога вышнего, а как настоящие калеки-перехожие. Чиновники и зауряд все управление без зазрения совести покровительствовали ламам. Мне приходилось сражаться с губернатором, чтобы сей христианский боярин хотя малость остепенял своих пособников, дабы они по крайней мере не совсем открыто радели буддизму. Губернатор, как водится, обижался, и у нас с ним закипела жестокая стычка; я ему на его чиновников жалуюсь, — он мне на моих миссионеров пишет, что "никто-де им не мешает, а они-де сами ленивые и неискусные". А мои дезертировавшие миссионеры, в свою очередь, пищат, что им хотя, точно, рты тряпками не затыкают, но нигде ни лошадей, ни оленей не дают, потому что по степям всюду все люди лам боятся.

— Ламы, — говорят, — богаты — они чиновников деньгами дарят, а нам дарить нечем.

Что же мне было можно им в утешение сказать? Синоду, что ли, обещать представить, чтобы лавры и монастыри, имея "деньги многи", поделились с нашею бедностию и какую-нибудь сумму на взятки приказным отпустили, но боялся, что в больших залах в синоде это, чего доброго, за неуместное сочтут и, помолясь богу, во вспомоществовании на взятки мне откажут, пожалуй. А к тому же еще и это средство в наших руках могло быть ненадежно: апостолы мои в самих себе такую слабость мне открыли, которая, в связи с обстоятельствами, получила очень важное значение.

— Нас, — говорят, — за дикарей жалость берет; из них с этой возней совсем последний толк выбьют; нынче мы их крестим, завтра ламы обращают и велят Христа порицать, а за штраф все что попало у них берут. Обнищевает бедный народ и в скоте и в своем скудном разуме, — все веры перепутал и на все колена хромает, а на нас плачется.

Кириак этою борьбою очень интересовался и, пользуясь моим расположением, не раз останавливал меня вопросами:

— Что тебе, владыко, вражки пишут? — или:

— Что ты, владыко, вражкам написал? Раз даже он явился ко мне с просьбою:

— Посоветуйся со мною, владыко, как будешь вражкам писать?

Это было по случаю тому, что губернатор мне ставил на вид, что в соседней епархии, при тех же обстоятельствах, в каких я находился, проповедь и крещение совершаются успешно, причем указывал мне на какого-то миссионера Петра из зырян, который целыми массами крестит инородцев.

Такое обстоятельство меня смутило, и я спросил соседнего архиерея: так ли это?

Тот отвечал, что действительно у него есть зырянин, поп Петр, который два раза ездил на проповедь и в первый раз "все кресты раскрестил", а во второй вдвое больше крестов взял, и опять недостало, — с одного на другого на шеи перевешивал.

Кириак как это услышал, так и всплакался.

— Боже мой, — говорит, — откуда еще ко всем бедам пришел сюда сей коварный строитель? Он Христа в его же церкви да его же кровью затопит! Ох, беда! помилосердуй, владыко, — проси скорее архиерея, чтобы он унял своего слугу верного — оставил бы в церкви сил хоть на семена.

— Ты, — говорю, — отец Кириак, вздор говоришь; могу ли я от столь хвальной ревности человека удерживать?

— Ах, нет, — молит, — владыко, проси; ведь это тебе непонятно, а я так знаю, что, значит, теперь там в степях делается. Это все не Христу, а вражкам его служба там идет. Зальют, зальют они его, голубчика, кровью и на сто лишних лет от него народ отпугают.

Я, разумеется, Кириака не послушал, а напротив — написал к соседнему архиерею, чтобы он дал мне своего зырянина на подержание, или, как сибирские аристократы по-французски говорят: "о прока". Сосед мой архиерей в это время уже, отбыв сибирскую епитимью, перемещался в Россию и не постоял за своего досужего крестителя. Зырянин был мне прислан: такой большебородый, словоохотливый и, что называется, весь до дна маслян. Я его сейчас же отправил в степь, а недели через две от него уже и радостные вести имел: доносил он мне, что крестит народ на все стороны. Одного он опасался: достанет ли у него крестов, которых забрал с собою весьма изрядную коробку? Из сего я, не ошибаяся, мог заключить, что улов в мережи сего счастливого ловца попадает чрезвычайно обильный.

Вот, думаю, когда я достал себе, наконец, к этому делу настоящего мастера! И очень был этому рад, да и как рад-то! Откровенно скажу вам — с самой казенной точки зрения, — потому что... и архиерей ведь тоже, господа, человек, и ему надокучит, когда одна власть пристает: "крести", а другая — "пусти"... Ну их совсем! скорей как-нибудь кончить в одну сторону, и как попался ловкий креститель, так пусть уже зауряд все крестит, авось и людям спокойнее станет.

Но Кириак не разделял моего взгляда, и раз иду я вечером через двор из бани и встречаю его; он остановился и приветствует меня:

— Здравствуй, владыко!

— Здравствуй, — говорю, — отец Кириак.

— Хорошо ли вымылся?

— Хорошо.

— А зырянина-то отмыл ли?

Я рассердился.

— Это, — говорю, — что за глупость? А он опять про зырянина.

— Он безжалостный, — говорит, — он и у нас теперь так крестит, как за Байкалом крестил; его крестников через это только мучают, а они на Христа, батюшку, плачутся. Грех всем вам, а тебе больше всех грех, владыко!

Я Кириака счел за грубияна, но слова-то его мне все-таки в душу запали. Что, в самом деле? он ведь старик основательный, — на ветер болтать не станет: в чем же тут секрет? — как, в самом деле, взятый мною "о прока" досужий зырянин крестит? Я имел понятие о религиозности зырян; они по преимуществу храмоздатели — церкви у них повсюду отличные и даже богатые, но из всех глаголемых христиан на свете они, должно сознаться, самые внешние. Ни к кому столько, как к ним, не идет определение, что у них "бог в одних лишь образах, а не в убеждениях человека"; но ведь не жжет же этот зырянин дикарей огнем, чтобы они крестились? Быть этого не может! В чем же тут дело? Отчего зырянин успевает, а русские не умеют, и отчего я этого о сю пору не знаю?

"А все оттого, владыко, — пришло мне на мысль, — что ты и тебе подобные себялюбивы да важны: "деньги многи" собираете да только под колокольным звоном разъезжаете, а про дальние места своей паствы мало думаете и о них по слухам судите. На бессилие свое на родной земле нарекаете, а сами все звезды хватать норовите, да вопрошаете: "Что ми хощете дати, да аз вам предам?" Брегись-ка, брат, как бы и ты не таков же стал?"

И ходил я, ходил этот вечер с своею думою по моей пустой скучной зале и до тех пор доходился, пока вдруг мне пришла в голову мысль: пробежать самому пустыню.

Таким образом я надеялся уяснить себе если не все, то по

крайней мере очень многое. Да, признаюсь вам, и освежиться хотелось.

Для совершения этого пути мне, при моей неопытности, нужен был товарищ, который хорошо бы знал инородческий язык; но какого же товарища лучше желать, как Кириака? И, не откладывая этого по своей нетерпеливости в долгий ящик, я призвал Кириака к себе, открыл ему свой план и велел собираться.

Он не противоречил, а, напротив, казалось, был даже очень рад и, улыбаясь, повторял:

— Бог в помощь! Бог в помощь!

Откладывать было незачем, и мы на другое же утро раным-рано отпели обеденку, оделись оба по-туземному и выехали, держа путь к самому северу, где мой зырянин апостольствовал.

ГЛАВА ШЕСТАЯ

Лихо прокатили мы первый день на доброй тройке и все беседовали с отцом Кириаком. Любезный старик рассказывал мне интересные истории из инородческих религиозных преданий, из коих меня особенно занимала повесть о пятистах путешественниках, которые под руководством одного книжника, по-ихнему — "обушия", пустились путешествовать по земле в то еще время, когда "победивший силу бесовскую и отринувший все слабости" бог Шигемуни гостеприимствовал "непочатыми яствами" в Ширвасе. Повесть эта тем интересна, что в ней чувствуется весь склад и дух религиозной фантазии этого народа. Пятьсот путников, предводимые обушием, встречают духа, который, чтобы устрашить их, принимает самый ужасный и отвратительный вид и спрашивает: "Есть ли у вас такие чудовища?" — "Есть гораздо страшнее", — отвечал обуший. "Кто же они?" — "Все те, которые завистливы, жадны, лживы и мстительны; они по смерти становятся чудовищами гораздо тебя страшнее и гаже". Дух скрылся и, превратясь где-то в человека, такого сухого и тощего, что даже жилы его пристали к костям, опять появился пред путниками и говорит: "Есть ли у вас такие люди?" — "Как же, — отвечает обуший, — гораздо суше тебя есть — таковы все, любящие почести".

— Гм! — перебил я Кириака, — это, — говорю, — смотри, уже не на нас ли, архиереев, мораль пущена?

— А бог весть, владыко, — и продолжает: — По некотором времени дух явился в виде прекрасного юноши и говорит: "А вот такие у вас есть ли?" — "Как же, — отвечает обуший, — между людьми есть несравненно тебя прекраснее, это те, которые имеют острое понятие и, очистив свои чувства, благоговеют к трем изяществам: богу, вере и святости. Сии столь тебя красивее, что ты пред ними никуда не годишься". Дух рассердился и стал экзаменовать обушия другими манерами. Он зачерпнул в горсть воды: "Где, говорит, больше воды: в море или в горсти?" — "В горсти более", — отвечал обуший. "Докажи". — "Ну и докажу: по видимому судя, кажется в море действительно более воды, чем в горсти, но когда придет время разрушения мира и из нынешнего солнца выступит другое, огнепалящее, то оно иссушит на земле все воды — и большие и малые: и моря, и ручьи, и потоки, и сама Сумбер-гора (Атлас) рассыпется; а кто при жизни напоил своею горстью уста жаждущего или обмыл своею рукою раны нищего, того горсть воды семь солнц не иссушат, а, напротив того, будут только ее расширять и тем самым увеличивать..." — Право, как вы хотите, а ведь это не совсем глупо, господа? — вопросил, приостановясь на минуту, рассказчик, — а? Нет, взаправду, как вы это находите?

— Очень не глупо, совсем не глупо, владыко.

— Признаюсь вам, и мне это показалось, пожалуй, толковее иной протяженной проповеди об оправдании... Ну, впрочем, не все об этом. Потом повели мы долгие беседы о том, какой способ надо предпочесть всем другим для обращения дикарей в христианство. Кириак находил, что с ними надо как можно меньше обрядничать, потому что они иначе самого Кириака с его вопросами превзойдут о том: можно ли того причащать, кто яйцом в зубы постучит; да не надо много и догматизировать, потому что их слабый ум устает следить за всякою отвлеченностью и силлогизациею, а надо им просто рассказывать о жизни и о чудесах Христа, чтобы это представлялось им как можно живообразнее и чтобы их бедной фантазии было за что цепляться. Но главное: все на то напирал, что "кто премудр и худог, тот пусть покажет им от своего жития доброго, — тогда они и Христа поймут, а иначе, говорит, плохо наше дело, и истинная наша вера, хоть мы ее промеж них и наречем, то будет она у них под началом у неистинной: наша будет нареченная, а та действующая, — что в том добра-то, владыко? Посуди: к торжеству Христовой веры это будет или к ее унижению? А еще того горше, как от нашего что возьмут, да не знать, что из него сделают. Нечего спешить нарекать, а надо насаждать; другие придут — будут поливать, а возрастит сам бог... Не так ли, владыко, апостол-то учил, а? Вспомни его, должно быть так: а то, гляди, как бы не поспешить, да людей не насмешить и сатану не порадовать".

Я, по правде сказать, внутренно во многом с ним соглашался и не заметил, как в простых и мирных с ним разговорах провел весь день до вечера; а с тем и наш конный путь кончился.

Переночевали мы с ним у огонька в юрте и на другое утро покатили на оленях.

Погода стояла чудесная, и езда на оленях очень меня занимала, хотя она, однако, не совсем отвечала моим о ней представлениям. В детстве моем я очень любил смотреть на картинку, где был представлен лапландец на оленях. Но те олени, на картинке, были легкие, быстроногие, как вихри степные неслись, закинув назад головы с ветвистыми рогами, и я, бывало, все думал: "Эх, кабы хоть раз так прокатиться! Какая это, должно быть, приятная быстрота при такой скачке!" А на деле же оно выходило не так: передо мною были совсем не те уносистые рогатые вихри, а комолые, тяжеловатые увальни с понурыми головами и мясистыми, разлатыми лапами. Бежали они побежкой нетвердою и неровною, склонив головы, и с такою задышкою, что инда с непривычки жалость брала на них смотреть, особливо как у них ноздри замерзли и они рты поразинули. Так тяжело дышат, что это густое дыхание их собирается облаком и так и стоит в морозном воздухе полосою. И эта езда и грустное однообразие пустынных картин, которые при ней открываются, производят такое скучное впечатление, что даже говорить не хочется, и мы с Кириаком, едучи два дня на оленях, почти ни о чем и не беседовали.

На третий день к вечеру и этот путь прекратился: снега стали рыхлее, и мы заменили нескладных оленей собаками — такие серенькие, мохнатые и востроухие, как волчки, и по-волчьи почти и тявкают. Запрягают их помногу, штук по пятнадцати, а почетному путнику, пожалуй, и больше зацепят, но салазки такие узенькие, что двоим рядом сидеть невозможно, и мы с отцом Кириаком должны были разделиться: на одних приходилось ехать мне с проводником, а на других — Кириаку с другим проводником. Проводники оба казались равного достоинства, да и с обличья их одного от другого даже и не отличишь, особенно как своими малицами закутаются, — точно банные обмылки: что один, что другой — в обоих одна красота. Но Кириак нашел в них разницу и непременно настаивал, чтобы усадить меня с тем, который казался ему надежнее; а в чем он видел эту надежность — не объяснил.

— Так, — говорит, — владыко: ты в этом крае неопытнее меня, так ты с этим поезжай. — За это я его не послушал и сел с другим. Поклажу свою мы разделили: я взял себе в ноги узелок с бельем да с книгами, а Кириак надел на себя мирницу и дароносицу да взял в ноги кошель с толокном, сухой рыбкой и прочей нашей незатейливой походной провизией.

Уселись мы так, подоткнулись малицами, сверху по коленам оленьими кожами застегнулись и поскакали.

Езда эта была гораздо быстрее, чем на оленях, но зато сидеть так худо, что у меня с непривычки через час же страшно спину разломило. Погляжу на Кириака — он сидит как воткнутый столбушек, а я так и вихляюсь по сторонам — все баланс хочу удержать, и за этой гимнастикой даже не мог и поговорить с моим проводником. Узнал только, что он крещеный, и окрещен недавно моим зырянином, а поэкзаменовать его не успел. К вечеру я так измучился, что совсем держаться не мог и пожаловался Кириаку.

— Плохо, — говорю, — меня что-то сразу уже очень расшатало.

— А все это оттого, — отвечает, — что ты меня не слушал, — не с тем едешь, с которым я тебя сажал: этот лучше правит, покойнее. Яви ласку: пересядь завтра.

— Хорошо, — говорю, — изволь, пересяду, — и точно, пересел, и опять едем.

Не знаю: понавык ли я за прошлый день держаться на этих рожнах или действительно этот проводник лучше своим орстелем правил, только мне спокойнее ехалось, так что я даже мог и побеседовать.

Спрашиваю его: крещеный он или нет?

— Нет, — отвечает, — бачка, моя некрещена, моя счастливая.

— Чем же ты так счастлив?

— Счастливая, бачка; меня, бачка, Дзол-Дзаягачи дала, бачка. Она меня, бачка, бережет.

Дзол-Дзаягачи у шаманистов такая богиня, дарующая детей и пекущаяся будто бы о счастии и здоровье тех, которые у нее вымолены.

— Так что же, — говорю, — а почему же не креститься-то?

— А она, бачка, меня не дает крестить.

— Кто это? Дзол-Дзаягачи?

— Да, бачка, не дает.

— Ага, ну, хорошо, что ты мне это сказал.

— Как же, бачка, хорошо?

— Да вот я тебя за это, назло твоей Дзол-Дзаягачи, и велю окрестить.

— Что ты, бачка? зачем Дзол-Дзаягачи сердить? — она рассердится — дуть станет.

— Очень она мне нужна, твоя Дзол-Дзаягачи: окрещу, да и баста.

— Нет, бачка, она не даст обижать.

— Да какая тебе, глупому, в этом обида?

— Как же, бачка, меня крестить? — мне много обида, бачка: зайсан придет — меня крещеного бить будет, шаман придет — опять бить будет, лама придет — тоже бить будет и олешков сгонит. Большая, бачка, обида будет.

— Не смеют они этого делать.

— Как, бачка, не смеют? смеют, бачка, все возьмут; у меня дядю, бачка, уже разорили... Как же, бачка, разорили, и брата, бачка, разорили.

— Разве у тебя есть брат крещеный?

— Как же, бачка, есть брат, бачка, есть.

— И он крещеный?

— Как же, бачка, крещеный, два раза крещеный.

— Что такое? два раза крещеный? Разве по два раза крестят?

— Как же, бачка, крестят.

— Врешь!

— Нет, бачка, верно: он один раз за себя крестился, а один раз, бачка, за меня.

— Как за тебя? Что ты это за вздор мне рассказываешь?

— Какой, бачка, вздор! — не вздор: я, бачка, от попа спрятался, а брат за меня крестился.

— Для чего же вы так смошенничали?

— Потому, бачка, что он добрый.

— Кто это: брат-то твой, что ли?

— Да, бачка, брат. Он сказал: "Я все равно уже пропал — окрещен, а ты спрячься, — я еще окрещусь"; я и спрятался.

— И где же он теперь, твой брат?

— Опять, бачка, креститься побежал.

— Куда же это его, бездельника, понесло?

— А туда, бачка, где ныне, слыхать, твердый поп ездит.

— Ишь ты! Что же ему до этого попа за дело?

— А свои у нас там, бачка, свои люди живут, хорошие,

бачка, люди; как же? ему, бачка, жаль... он их жалеет, бачка, — за них креститься побежал.

— Да что же это за шайтан, этот твой брат? Как он это смеет делать?

— А что, бачка? ничего: ему, бачка, уж все равно, а тех, бачка, зайсан бить не будет, и лама олешков не сгонит.

— Гм! надо, однако, твоего досужего брата на примету взять. Скажи-ка мне, как его зовут?

— Куська-Демяк, бачка.

— Кузьма или Демьян?

— Нет, бачка, — Куська-Демяк.

— Да; по-твоему чище, — Куська-Демяк или меди пятак, — только это два имени.

— Нет, бачка, одно.

— Я тебе говорю — два!

— Нет, бачка, одно.

— Ну, тебе, видно, и это лучше знать.

— Как же, бачка, мне лучше.

— Но это его Кузьмой и Демьяном при первом или при втором крещении назвали?

Вылупился и не понимает; но, когда я ему повторил, он подумал и ответил:

— Так, бачка: это как он за меня крестился, тогда его стали Куська-Демяк дразнить,

— Ну, а после первого-то крещения вы как его дразнили?

— Не знаю, бачка, — забыл.

— Но он-то, чай, это знает?

— Нет, бачка, и он позабыл.

— Быть, — говорю, — этого не может!

— Нет, бачка, — верно, позабыл.

— А вот я его велю разыскать и расспрошу.

— Разыщи, бачка, разыщи; и он скажет, что позабыл.

— Да только уже я его, брат, как разыщу, так сам зайсану отдам.

— Ничего, бачка; ему теперь, бачка, никто ничего, — он пропащий.

— Через что же это он пропащий-то? Через то, что окрестился, что ли?

— Да, бачка; его шаман гонит, у него лама олешки забрал, ему свой никто не верит.

— Отчего не верит?

— Нельзя, бачка, крещеному верить, — никто не верит.

— Что ты, дикий глупец, врешь! Отчего нельзя крещеному верить? Разве крещеный вас, идолопоклонников, хуже?

— Отчего, бачка, хуже? — один человек.

— Вот видишь, и сам согласен, что не хуже?

— Не знаю, бачка, — ты говоришь, что не хуже, и я говорю; а верить нельзя.

— Почему же ему нельзя верить?

— Потому, бачка, что ему поп грех прощает.

— Ну так что же тут худого? неужто же лучше без прощения оставаться?

— Как можно, бачка, без прощения оставаться! Это нельзя, бачка. Надо прощенье просить.

— Ну так я же тебя не понимаю; о чем ты толкуешь?

— Так, бачка, говорю: крещеный сворует, попу скажет, а поп его, бачка, простит; он и неверный, бачка, через это у людей станет.

— Ишь ты какой вздор несешь! А по-твоему это небось не годится?

— Этак, бачка, не годится у нас, не годится.

— А по-вашему как бы надо?

— Так, бачка: у кого украл, тому назад принеси и простить проси; человек простит, и бог простит.

— Да ведь и поп человек: отчего же он не может простить?

— Отчего же, бачка, не может простить? — и поп может. Кто у попа украл, того, бачка, и поп может простить.

— А если у другого украл, так он не может простить?

— Как же, бачка? — нельзя, бачка: неправда, бачка, будет; неверный человек, бачка, везде пойдет.

"Ах ты, — думаю, — чучело этакое неумытое, какие себе построения настроил!" — и спрашиваю далее:

— А ты про господа Иисуса Христа-то что-нибудь слыхал?

— Как же, бачка, — слыхал.

— Что же ты про него слыхал?

— По воде, бачка, ходил.

— Гм! ну, хорошо — ходил; а еще что?

— Свинью, бачка, в море топил.

— А более сего?

— Ничего, бачка, — хорош, жалостлив, бачка, был.

— Ну, как же жалостлив? Что он делал?

— Слепому на глаза, бачка, плевал, — слепой видел; хлебца и рыбка народца кормил.

— Однако ты, брат, много знаешь.

— Как же, бачка, — много знаю.

— Кто же тебе все это рассказал?

— А люди, бачка, говорят.

— Ваши люди?

— Люди-то? Как же, бачка, — наши, наши.

— А они от кого слышали?

— Не знаю, бачка.

— Ну, а не знаешь ли ты, зачем Христос сюда на землю приходил?

Думал он, думал, — и ничего не ответил.

— Не знаешь? — говорю.

— Не знаю.

Я ему все православие и объяснил, а он не то слушает, не то нет, а сам все на собак погикивает да орстелем машет.

— Ну, понял ли, — спрашиваю, — что я тебе говорил?

— Как же, бачка, понял: свинью в море топил, слепому на глаза плевал, — слепой видел, хлебца-рыбка народца дал.

Засели ему в лоб эти свиньи в море, слепой да рыбка, а дальше никак и не поднимется... И припомнились мне Кириаковы слова о их жалком уме и о том, что они сами не замечают, как края ризы касаются. Что же? и этот, пожалуй, крайка коснулся, но уж именно только коснулся — чуть-чуть дотронулся; но как бы ему более дать за нее ухватиться? И вот я и попробовал с ним как можно проще побеседовать о благе Христова примера и о цели его страдания, — но мой слушатель все одинаково невозмутимо орстелем помахивает. Трудно мне было себя обольщать: вижу, что он ничего не понимает.

— Ничего, — спрашиваю, — не понял?

— Ничего, бачка, — все правду врешь; жаль его: он хорош, Христосик.

— Хорош?

— Хорош, бачка, не надо его обижать.

— Вот ты бы его и любил.

— Как, бачка, его не любить?

— Что? ты можешь его любить?

— Как же, бачка, — я, бачка, его и всегда люблю.

— Ну вот и молодец.

— Спасибо, бачка.

— Теперь, значит, тебе остается креститься: он и тебя спасет.

Дикарь молчит.

— Что же, — говорю, — приятель: что ты замолчал?

— Нет, бачка.

— Что такое: "нет, бачка"?

— Не спасет, бачка; за него зайсан бьет, шаман бьет, лама олешков сгонит.

— Да; вот главная беда!

— Беда, бачка.

— А ты и беду потерпи за Христа.

— На что, бачка, — он, бачка, жалостливый: как я дохнуть буду, ему самому меня жаль станет. На что его обижать!

Хотел было сказать ему, что если он верит, что Христос его пожалеет, то пусть верит, что он же его может и спасти, — но воздержался, чтобы опять про зайсана да про ламу не слушать. Ясно, что Христос у этого человека был в числе его добрых, и даже самых добрых божеств, да только не из сильных: добр, да не силен, — не заступается, — ни от зайсана, ни от ламы не защищает. Что же тут делать? как дикаря переуверить в этом, когда Христову сторону поддержать не с кем, а для той много подпор? Католический проповедник в таком случае схитрил бы, как они в Китае хитрили: положил бы Будде к ногам крестик, да и кланялся и, ассимилировав и Христа и Будду, кичился бы успехом; а другой новатор втолковал бы такого Христа, что в него и верить нечего, а только... думай о нем благопристойно и — хорош будешь. Но тут и это трудно: чем этот мой молодец станет раздумывать, когда у него вся думалка комом смерзлась и ему ее оттаять негде.

Припомнилось мне, как Карл Эккартсгаузен превосходно, в самых простых сравнениях умел представлять простым людям великость жертвы Христова пришествия на землю, сравнивая это, как бы кто из свободных людей, по любви к заключенным злодеям, сам с ними заключался, чтобы терпеть их злонравие. Очень просто и хорошо; но ведь у моего слушателя, благодаря обстоятельствам, нет больших злодеев, как те, от кого он бегает из страха, чтобы его не окрестили; нет у него такого места, которое могло бы произвести ужас в сравнении с страшным местом его всегдашнего обитания... Ничего с ним не поделаешь, — ни Массильоном, ни Бурдалу, ни Эккартсгаузеном. Вот он тебе тычет орстелем в снег да помахивает, рожа обмылком — ничего не выражает; в гляделках, которые стыд глазами звать, — ни в одном ни искры душевного света; самые звуки слов, выходящих из его гортани, какие-то мертвые: в горе ли, в радости ли — все одно произношение, вялое и бесстрастное, — половину слова где-то в глотке выговорит, половину в зубах сожмет. Где ему с этими средствами искать отвлеченных истин, и что ему в них? Они ему бремя: ему надо вымирать со всем родом своим, как вымерли ацтеки, вымирают индейцы... Ужасный закон! Какое счастье, что он его не знает, — и знай тычет себе орстелем — тычет направо, тычет налево; не знает, куда меня мчит, зачем мчит и зачем, как дитя простой душою, открывает мне, во вред себе, свои заветные тайны... Мал весь талант его и... благо ему:

мало с него спросится... А он все несется, несется в безбрежную даль и машет своим орстелем, который, мигая перед моими глазами, начал действовать на меня как маятник. Меня замаячило; эти мерные взмахи, как магнетизерские пассы, меня путали сонною сетью; под темя теснилась дрема, и я тихо и сладко уснул — уснул для того, чтобы проснуться в положении, от которого да сохранит господь всякую душу живую!

ГЛАВА СЕДЬМАЯ

Я спал очень крепко и, вероятно, довольно долго, но вдруг мне показалось, что меня как будто что-то толкнуло и я сижу, накренясь набок. Я в полусне еще хотел поправиться, но вижу, что меня опять кто-то пошатнул назад; а вокруг все воет... Что такое? — хочу посмотреть, но нечем смотреть — глаза не открываются. Зову своего дикаря:

— Эй ты, приятель! где ты? А он на самое ухо кричит мне:

— Прочкнись, бачка, — прочкнись скорей! застынешь!

— Да что это, — я говорю, — не могу глаз открыть?

— Сейчас, бачка, откроешь.

И с этими словами — что бы вы думали? — взял да мне в глаза и плюнул и ну своим оленьим рукавом тереть.

— Что ты делаешь?

— Глаза тебе, бачка, протираю.

— Пошел ты, дурак...

— Нет, погоди, бачка, — не я дурак, а ты сейчас глядеть станешь.

И точно, как он провел мне своим оленьим рукавом по лицу, мои смерзшиеся веки оттаяли и открылись. Но для чего? что было видеть? Я не знаю, может ли быть страшнее в аду: вокруг мгла была непроницаемая, непроглядная темь — и вся она была как живая: она тряслась и дрожала, как чудовище, — сплошная масса льдистой пыли была его тело, останавливающий жизнь холод — его дыхание. Да, это была смерть в одном из самых грозных своих явлений, и, встретясь с ней лицом к лицу, я ужаснулся.

Все, что я мог проговорить, это был вопрос о Кириаке — где

он? Но говорить было так трудно, что дикарь ничего не слышал. Тут я заметил, что он, говоря мне, нагибался и кричал мне под треух в самое ухо, и сам я под треух ему закричал:

— А где наши другие сани?

— Не знаю, бачка, — нас разбило.

— Как разбило?

— Разбило, бачка.

Я хотел этому не верить; хотел оглянуться, но никуда, ни в одну сторону не видать ничего: кругом ад темный и кромешный. Под самым моим боком у саней что-то копошилось, как клуб, но не было никаких средств видеть, что это такое. Спрашиваю дикаря, что это. Тот отвечает:

— А это, бачка, собачки спутались — греются.

И вслед за тем он сделал в этой тьме какое-то движение и говорит:

— Падай, бачка!

— Куда падать?

— Вот сюда, бачка, — в снег падай.

— Погоди, — говорю.

Мне еще не верилось, что я потерял своего Кириака, и я привстал из саней и хотел позвать его, но меня в то же мгновение и сразу же задушило, точно как заткнуло всего этою ледяною пылью, и я повалился в снег, причем довольно больно ударился головой о санную грядку. Подняться у меня не было никаких сил, да и мой дикарь мне не дал бы этого сделать. Он придержал меня и говорит:

— Лежи, бачка, смирно лежи, не околеешь: снег заметет, тепло будет; а то околеешь. Лежи!

Ничего не оставалось, как его слушаться; и я лежу и не трогаюсь, а он сволок с салазок оленью шкуру, бросил ее на меня и сам под нее же подобрался.

— Вот теперь, — говорит, — бачка, хорошо будет.

Но это "хорошо" было так скверно, что я в ту же минуту должен был как можно решительнее отворотиться от моего соседа в другую сторону, ибо присутствие его на близком расстоянии было невыносимо. Четверодневный Лазарь в Вифанской пещере не мог отвратительнее смердеть, чем этот живой человек; это было что-то хуже трупа — это была смесь вонючей оленьей шкуры, острого человечьего пота, копоти и сырой гнили, юколы, рыбьего жира и грязи... О боже, о бедный я человек! Как мне был противен этот, по образу твоему созданный, брат мой! О, как бы охотно я выскочил из этой вонючей могилы, в которую он меня рядом с собою укладывал, если бы только сила и мочь стоять в этом метущемся адском хаосе! Но ничего похожего на такую возможность нельзя было и ждать — и надо было покоряться.

Мой дикарь заметил, что я от него отвернулся, и говорит:

— Погоди, бачка, ты не туда морду клал; ты вот сюда клади морду, вместе дуть будем — тепло станет.

Это даже слушать казалось ужасно!

Я притворился, что его не слышу, но он вдруг как-то напружинился, как клоп, перекатился чрез меня и лег прямо нос к носу, и ну дышать мне в лицо с ужасным сапом и зловонием. Сопел он тоже необычайно, точно кузнечный мех. Я никак не мог этого стерпеть и решил добиться, чтобы этого не было.

— Дыши, — говорю, — как-нибудь потише.

— А что? ничего, бачка, я не устану: я тебе, бачка, морду грею.

"Мордою" его я, разумеется, не обижался, потому что не до амбиции мне было в это время, да и, повторяю вам, у них для оттенка таких излишних тонкостей, чтобы отличать звериную морду от человеческого лица, и отдельных слов еще не заведено. Все морда: у него самого морда, у жены его морда, у его оленя морда, и у его бога Шигемони морда, — почему же у архиерея не быть морде? Это моему преосвященству снести было не трудно, но вот что трудно было: сносить это его дыхание с этой смердючей юколой и каким-то другим отвратительным зловонием — вероятно, зловонием его собственного желудка, — против этого я никак не мог стоять.

— Довольно, — говорю, — перестань; ты меня согрел, теперь более не сопи.

— Нет, бачка, сопеть — теплей будет.

— Нет, пожалуйста, не надо: и так надоел, — не надо!

— Ну, не надо, бачка, не надо. Теперь спать будем.

— Спи.

— И ты, бачка, спи.

И в эту же секунду, как это выговорил, точно муштрованная лошадь, которая сразу в галоп принимает, так и он сразу же уснул и сразу же захрапел. Да ведь как же, злодей, захрапел! Я, признаюсь вам, с детства страшный враг сонного храпа, и где в комнате хоть один храпливый человек есть, я уже мученик и ни за что уснуть не могу; а так как у нас, в семинарии и академии, разумеется, было много храпунов, и я их поневоле много и прилежно слушивал, то, не в смех вам сказать, я вывел себе о храпе свои наблюдения: по храпу, уверяю вас, все равно как по голосу и по походке, можно судить о темпераменте и о характере человека. Уверяю вас, это так: задорный человек —

он и храпит задорно, точно он и во сне сердится; а товарищ у меня по академии весельчак и франт был — так тот и храпел как-то франтовски: этак весело как-то, с присвистом, точно в своем городе в собор идет новый сюртук обновлять. Его, бывало, даже из других камер слушать приходили и одобряли его искусство. Но теперешний мой дикий сосед такую положительную музыку завел, что я никогда ни такого обширного диапазона, ни такого темпа еще не наблюдал и не слыхивал: точно как будто сильный густой рой гудит и в звонкий сухой улей о стенки мягко бьется. Прекрасно эдак, солидно, ритмически и мерно: у-у-у-у-бум, бум, бум, у-у-у-у-бум, бум, бум... По моим наблюдениям, надлежало бы вывести, что это действует человек обстоятельный, надежный; но, лиха беда, мне не до наблюдений было: он так одолел совсем, разбойник, этим гулом! Терпел, терпел я, наконец не выдержал — толкнул его в ребра.

— Не храпи, — говорю.

— А что, бачка? зачем не храпеть?

— Да ты ужасно храпишь: спать мне не даешь.

— А ты сам захрапи.

— Да я не умею храпеть.

— А я, бачка, умею, — и опять сразу в галоп загудел. Что ты с этаким мастером станешь делать? Что уж тут с таким человеком спорить, который во всем превосходит: и о крещенье больше меня знает, по скольку раз крестят, и об именах сведущ, и храпеть умеет, а я не умею; — во всем передо мною преферанс получает, — надо ему и честь и место дать.

Попятился я от него, как мог, немножко в сторону, провел с трудом руку за подрясник и пожал репетир: часы прозвонили всего три и три четверти. Это, значит, еще был день; вьюга, конечно, пойдет на всю ночь, может быть и больше... Сибирские вьюги ведь продолжительны. Можете себе представить, каково иметь все это в перспективе! А между тем положение мое все становилось ужаснее: сверху нас, верно, уже хорошо укрыло снегом, и в логове нашем стало не только тепло, а даже душно; но зато и отвратительные, вонючие испарения становились все гуще, — от этого спертого смрада у меня занимало дыхание, и очень жаль, что это сделалось не сразу, потому что тогда я не испытал бы и сотой доли тех мучений, которые ощутил, приведя себя в память, что с моим отцом Кириаком пропала и моя бутылка с подправленною коньяком водою и вся наша провизия... Я ясно видел, что если я не задохнусь здесь, как в Черной пещере, то мне, наверно, грозит самая ужасная, самая мучительная из всех смертей —

111

голодная смерть и жажда, которая уже начала надо мною свое терзательство. О, как я теперь жалел, что не остался мерзнуть наверху и залез в этот снежный гроб, где мы двое лежали в такой тесноте и под таким прессом, что все мои усилия приподняться и встать были совершенно напрасны!

С величайшим трудом я доставал из-под своего плеча кусочки снегу и жадно глотал их один за другим, но — увы! — это меня нимало не облегчало: напротив, это возбуждало у меня тошноту и несносное жжение в горле и желудке, а особенно около сердца; затылок у меня трещал, в ушах стоял звон, и глаза гнело и выпирало на лоб. А между тем докучный рой гудел все гуще и гуще, и все звонче пчелки бились об улей. Такое ужасное состояние продолжалось, пока часовой репетир сказал семь, — и затем я больше ничего не помню, потому что потерял сознание.

Это было величайшее счастие, какое могло посетить меня в моем настоящем бедственном положении. Не знаю, отдыхал ли я в это время сколько-нибудь физически, но я по крайней мере не мучился представлением о том, что меня ожидало впереди и что в действительности по ужасу своему должно было далеко превзойти все представления встревоженной фантазии.

ГЛАВА ВОСЬМАЯ

Когда я пришел в чувства, пчелиный рой отлетел, и я увидел себя на дне глубокой снежной ямы; я лежал на самом ее дне с вытянутыми руками и ногами и не чувствовал ничего: ни холоду, ни голоду, ни жажды — решительно ничего! Только голова моя была до того мутна и бестолкова, что мне порядочного труда стоило привести себе на память все, что со мною произошло, и в каком я теперь нахожусь положении. Но, наконец, все это выяснилось, и первая мысль, которая мне пришла в эту пору, была та, что мой дикарь очнулся ранее меня и улизнул один, а меня бросил.

Оно, по здравому суждению, ему так бы и стоило со мною сделать, особенно после того, как я ему вчера нагрозил и его крестить и брата его Кузьму-Демьяна разыскивать; но он, по своему язычеству, не так поступил. Чуть я, с трудом двинув моими набрякшими членами, сел на дне моей разрытой могилы, как увидел я его шагах в тридцати от меня. Он стоял под большим заиндевелым деревом и довольно забавно кривлялся, а над ним, на длинном суку, висела собака, у которой из распоротого брюха ползли вниз теплые черева.

Я догадался, что это он жертву, или, по-ихнему, таилгу, принес, и, по правде сказать, не возроптал, что это жертвоприношение его здесь задержало, пока я проснулся, и помешало ему меня бросить. А я вполне был уверен, что этот язычник непременно должен был иметь такое нехристианское намерение, и завидовал отцу Кириаку, который терпит теперь свою беду по крайней мере хоть с человеком крещеным, который все же должен быть благонадежнее моего нехристя. И от тяжкого ли моего положения, что ли, во мне родилось даже такое подозрение, что не слукавил ли со мною отец Кириак и, предусматривая все больше меня ему известные случайности сибирских путешествий, под видом доброжелательства подсудобил мне язычника, а себе отобрал христианина? Не похоже это, конечно, было на отца Кириака, и мне даже и сейчас, когда я это вспоминаю, стыдно становится сей моей подозрительности; но что делать, когда она явилась?

Вылез я из снежной ямы и стал подбираться к моему дикарю; он услыхал, как снег захрустел под моими ногами, и обернулся, но сейчас же опять стал продолжать по-прежнему свои тайнодействия.

— Ну, не довольно ли тебе кивать-то? — сказал я, постояв возле него с минуту.

— Довольно, бачка, — и сейчас же пошел к саням и начал цеплять в шорки остальных собачонок. Закладка была готова, и мы поехали.

— Кому ты это там таилгу дал? — спросил я его, махнув назад головою.

— А не знаю, бачка.

— Да собачку-то ты кому пожертвовал: богу или черту — шайтану?

— Шайтану, бачка, как же — шайтану.

— За что же ты его угостил?

— А за то, бачка, что он нас не заморозил: я ему, бачка, за это собачку дал, — пусть его лопает.

— Гм! да он-то пусть лопает, — не облопается, а собачонку жаль.

— Чего, бачка, жаль: собачка плохая, скоро бы дохнуть стала; ничего, бачка, — пусть его берет — лопает.

— Да; так ты с расчетом: дохленькую ему дал...

— Как же, бачка.

— А скажи, пожалуйста: куда мы это теперь едем?

— Не знаю, бачка, — след ищем.

— А где мой поп — товарищ?

— Не знаю, бачка.

— Как же нам его найти?

— Не знаю, бачка.

— Может быть, он замерз?

— Зачем, бачка, замерз: снег есть — не замерзнет. Я вспомнил опять, что с Кириаком есть еще и бутылка с согревающим питьем и провизия, и — успокоился. Со мною ничего этого не было, а я теперь охотно поел бы хоть собачьей юколы, но боялся о ней спросить, потому что не уверен был, есть ли она с нами.

Целый день мы кружили как-то зря; я это видел — если не по бесстрастному лицу моего возницы, то по неспокойным, неровным и тревожным движениям его собак, которые все как-то прыгали, суетились и беспрестанно метались из стороны в сторону. Моему дикарю с ними было много хлопот, но его неизменное бесстрастное равнодушие не покидало его ни на минуту: он только работал своим орстелем как будто с несколько большим вниманием, без которого нам, конечно, в этот день сто раз быть бы выброшенными и остаться либо среди степи, либо где-нибудь под лесами, мимо которых мы проезжали.

Но вот вдруг одна собачка ткнулась мордою в снег, дрыгнула задними лапами и пала. Дикарь, разумеется, лучше меня знал, что это значит и какою угрожает нам новою бедою, но не выразил ни страха, ни смущения: так же, как и всегда, он твердою, но бесстрастною рукою застремил в снег свой орстель и дал мне держать этот якорь нашего спасения, а сам поспешно сошел с саней, вынул изнемогшего пса из хомутика и потащил его взад, за сани. Я думал, что он хочет пришибить и закинуть куда-нибудь этого пса; но, оглянувшись, увидел, что и эта собака уже висит на дереве, и из нее опять ползут вниз кровавые черева. Отвратительное зрелище!

— Это что опять? — крикнул я ему.

— А шайтану ее, бачка.

— Ну, брат, довольно будет с твоего шайтана; много ему по две собаки на день есть.

— Ничего, бачка, пусть лопает.

— Нет, не "ничего", — говорю, — а если ты их так будешь колоть, то ты их всех шайтану переколешь.

— Я, бачка, ему тех даю, которые дохнут.

— А ты бы их лучше покормил.

— Нечем, бачка.

— Вот оно что! — это сказалось то самое, чего я и боялся.

А короткий день уже опять клонился к вечеру, и остальные собачонки, видимо, совсем устали, из сил выбились и начали как-то дико похаркивать и садиться. И вдруг еще одна пала, а прочие все, как по уговору, все сразу сели на хвосты и завыли, точно тризну по ней правили.

Дикарь мой встал и хотел вздернуть шайтану третью собаку, но я ему этого на сей раз уже решительно не позволил. Так надоело мне на это смотреть, да и казалось, что эта мерзость как будто увеличивала ужас нашего положения.

— Оставь, — говорю, — и не смей трогать: пусть издыхает, как ей пришлось.

Он и спорить не стал, но зато с обычным ему самым невозмутимым спокойствием выкинул самую неожиданную штуку. Он молча застремил свой орстель впереди саней и всех собачонок, одну за другою, отцепил и пустил их на волю. Оголодалые псы словно забыли истому: они взвизгнули, глухо затявкали и понеслись всей стаей в одну сторону и в минуту же скрылись в лесу за дальним перелогом. Все это сталось так скоро, как в сказке об Илье Муромце сказывается: "Как садился Илья на коня, все видели, а как уехал, того никто не видал". Наша двигательная сила нас оставила: мы опешили; от десятка наших еще так недавно бодрых собачонок при нас оставалась только одна, издохшая, которая валялась у наших ног в своем хомутишке.

Дикарь мой стоял на этом позорище, облокотясь на свой орстель, и с тем же бесстрастием смотрел себе на ноги.

— Зачем ты это сделал? — воскликнул я.

— Пустил, бачка.

— Вижу, что пустил; а придут ли они назад?

— Нет, бачка, не придут, — они одичают.

— Для чего же, для чего ты их спустил?

— Лопать, бачка, хотят, — пусть зверька изловят, — лопать будут.

— А мы с тобою что будем лопать?

— Ничего, бачка.

— Ах ты, изверг!

Он, верно, не понял и ничего мне не отвечал, но воткнул в снег свой орстель и пошел. Никто бы не отгадал, куда и зачем он от меня удалился. Я его окликал, звал его вернуться назад, но он, только взглянув на меня своим тупым взглядом, прорычал: "Молчи, бачка", и побрел дальше. Скоро и он исчез за опушкой, и я остался один-одинешенек.

Надо ли вам распространяться о том, как ужасно было мое положение, или, может быть, вы лучше поймете весь этот ужас из того, что я не думал ни о чем, кроме того, что я голоден, что мне хочется не есть, в человеческом смысле желания пищи, а жрать, как голодному волку. Я вынул мои часы, подавил репетир и был поражен новым сюрпризом: мои часы стояли — чего с ними никогда не случалось на заводе. Дрожащими руками я вложил в них ключ и удостоверился, что они стали потому, что весь завод сошел; а они ходили около двух суток на одном заводе. Это мне открывало, что мы, ночуя под снегом, пролежали в своей ледяной могиле более чем сутки!.. Сколько же? — может быть двое, может быть трое? Я более не удивлялся, что я так мучительно страдаю от голода... Я, значит, не ел по крайней мере третьи сутки и, сообразив это, почувствовал свой терзающий голод еще ожесточеннее.

Есть, что-нибудь есть! — нечистое, гадкое, лишь бы есть! — вот все, что я понимал, отчаянно водя вокруг себя полными нестерпимой муки глазами.

ГЛАВА ДЕВЯТАЯ

Мы стояли на плоском возвышении; за нами была огромная, безбрежная степь, а впереди бесконечное ее продолжение; вправо обозначалась занесенная снегом низменность и перевал, за которым далеко синела на горизонте гряда леса, куда скрылись наши собаки. Влево шла другая лесная опушка, вдоль которой мы ехали, пока вся наша сбруя не расстроилась. Сами мы стояли как раз под большим сугробом, который, видно, намело на пригорок, покрытый высокими, под самое небо уходящими пихтами и елинами. Томимый голодом, я стыл, сидя на краю саней, и, не обращая внимания ни на что окружающее, не заметил, когда здесь очутился возле меня мой дикарь. Я не видал ни того, как он подошел, ни того, как он молча сел рядом со мною; теперь же, когда я обратил на него внимание, он сидел, поставив орстель в колена, а руки завел за теплую малицу. Ни одна черта его лица

116

не изменилась, ни один мускул не двигался, и глаза не выражали ничего, кроме тупой и спокойной покорности.

Я взглянул на него и ни о чем его не спросил, а он, как до сих пор никогда первый не заговаривал, и теперь не заговорил. Так мы и осмеркли, так и просидели рядом бесконечную темную ночь, не сказав друг другу ни одного слова.

Но чуть на небе начало слегка сереть, дикарь тихо поднялся с саней, заложил руки поглубже за пазуху и опять побрел вдоль по опушке. Долго он не бывал назад, я долго видел, как он бродил и все останавливался: станет и что-то долго-долго на деревьях разглядывает, и опять дальше потянет. И так он, наконец, скрылся с моих глаз, а потом опять так же тихо и бесстрастно возвращается и прямо с прихода лезет под сани и начинает там что-то настроивать или расстроивать.

— Что ты, — спрашиваю, — там делаешь? — и при этом неприятно открываю, как у меня спал и даже совсем переменился мой голос, между тем мой дикарь как прежде говорил, так и теперь так же, перекусывая звуки, отрывает.

— Лыжи, бачка, достаю.

— Лыжи! — воскликнул я в ужасе, тут только во всем значении поняв, что такое значит "навострить лыжи". — Зачем ты лыжи достаешь?

— Сейчас убегу.

"Ах ты, разбойник", — думаю. — Куда же ты это побежишь?

— На правую руку, бачка, убегу.

— Зачем же ты туда побежишь?

— Лопать тебе принесу.

— Врешь, — говорю, — ты меня здесь кинуть хочешь. Но он нимало не смутился и отвечает:

— Нет, я тебе лопать принесу.

— Где же ты мне лопать возьмешь?

— Не знаю, бачка.

— Как же не знаешь: куда же ты бежишь?

— На праву руку.

— Кто же там, на правой руке?

— Не знаю, бачка.

— А не знаешь, так чего же ты бежишь?

— Примету нашел — чум есть.

— Врешь, — говорю, — любезный, ты меня одного здесь бросить хочешь.

— Нет; я лопать принесу.

— Ну, ступай, только уж лучше не ври, а иди себе куда знаешь.

— Зачем, бачка, врать, нехорошо врать.

— Очень, брат, нехорошо, а ты врешь.

— Нет, бачка, не вру! поди со мной: я тебе приметку покажу.

И, зацепив лыжи и орстель, он поволок их за собою и меня взял за руку, привел к одному дереву и спрашивает:

— Видишь, бачка?

— Что же, — говорю, — дерево вижу, — больше ничего.

— А вон, на большом суку, ветка на ветке, — видишь?

— Ну что же такое? вижу, есть ветка, — верно, ветер ее сюда забросил.

— Какой, бачка, ветер; это не ветер, а добрый человек ее посадил, — в ту руку чум есть.

Ну, очевидное дело, что или он меня обманывает, или сам обманывается; но что же мне делать? — силой мне его не удержать, да и зачем я его стану удерживать? Не все ли равно, что одному, что вдвоем умирать с холоду и голоду? Пусть бежит и спасается, если может спастись. И говорю ему по-монашески: "Спасайся, брат!"

А он спокойно отвечает: "Спасибо, бачка", и с этим утвердился на лыжах, заложил орстель на плечи, шаркнул раз ногой, шаркнул два — и побежал. Через минуту его уже и не видно стало, и я остался один-одинешенек среди снега, холода и совсем уже изнурившего меня мучительного голода.

ГЛАВА ДЕСЯТАЯ

Небольшой зимний сибирский день я пробродил около саней, то присаживаясь, то снова поднимаясь, когда холод пересиливал несносные муки голода. Ходил я, разумеется, потихоньку, потому что и сил у меня не было, да и от сильного движения скорее устаешь, и тогда еще скорее стынешь.

Бродя все вблизи того места, где меня кинул мой дикарь, я не раз подходил и к тому дереву, на котором он мне указывал приметную ветку: прилежно я ее рассматривал и все еще более убеждался, что это просто ветка, заброшенная сюда ветром с другого дерева.

— Обманул, — говорил я себе, — обманул он меня, да и не

118

поставится ему это в грех: зачем ему было пропадать вместе со мною, без всякой для меня пользы?

И нужно ли вам рассказывать, как тяжело и мучительно долог мне казался этот куцый день? Я не верил ни в какую возможность спасения и ждал смерти; но где она? зачем медлит и когда-то еще соберется припожаловать? Сколько я еще натерзаюсь, прежде чем она меня обласкает и успокоит мои мучения?.. Скоро я стал замечать, что у меня начинает минутами изнемогать зрение: вдруг все предметы как бы сольются и пропадут в какой-то серой мгле, но потом опять вдруг и неожиданно разъяснит... Кажется, это происходит просто от усталости, но не знаю, какую роль здесь играет перемена в освещении: чуть освещение переменится, становится снова видно, и видно очень ясно и далеко, а потом опять затуманит. На часок выпрыгнувшее за далекими холмами солнышко стало обливать покрывавший эти холмы снег удивительно чистым розовым светом, — это бывает там перед вечером, после чего солнце сейчас же быстро и скрывается, и розовый свет тогда сменяется самою дивною синевою. Так было и теперь: вокруг меня вблизи все засинело, как будто сапфирною пылью обсыпалось, — где рытвинка, где ножной след или так просто палкою в снег ткнуто — везде как сизый дымок заклубился, и через малое время этой игры все сразу смеркло: степь как опрокинутою чашей покрыло, и потом опять облегчает... сереет... С этою последнею переменою, как исчез и сей удивительный голубой свет и перебежала мгновенная тьма, на моих усталых глазах в серой мгле пошли отражаться разные удивительные степные фокусы. Все предметы начали принимать невероятные, огромные размеры и очертания: наши салазки торчали как корабельный остов; заиндевелая дохлая собака казалась спящим белым медведем, а деревья как бы ожили и стали переходить с места на место... И все это так живо и интересно, что я, несмотря на мое печальное положение, готов был бы во все это с любопытством всматриваться, если бы не одно странное обстоятельство, которое меня отпугнуло от моих наблюдений и, пробудя во мне новый страх, оживило с ним вместе и инстинкт самосохранения. Пред моими глазами, вдали, в полутьме, что-то мелькнуло, как темная стрела, потом другая, третья, и вслед за тем в воздухе раздался протяжный жалобный вой. Я мигом сообразил, что это или волки, или наши отпущенные собаки, которые, вероятно, ничего съедомого не нашли и зверя не затравили, а, истомясь голодом, вспомнили о своей околевшей подруге и хотят воспользоваться ее трупом. Во всяком случае те ли это или другие, оголодавшие ли псы или волки, но они моему преосвященству спуска не дадут, и хотя мне, по разуму, собственно было бы легче быть сразу растерзанным, чем долго томиться голодом, однако инстинкт самосохранения взял свое, и я с ловкостью и быстротою, каких, признаться сказать, никогда за собою не знал и от себя не чаял, взобрался в своем тяжелом убранстве на самый верх дерева, как векша, и тогда лишь опомнился, когда выше было некуда лезть. Передо мною открывалась целая необъятность из снега и темного, как густая накипь, неба, на котором из далекой непроглядной тьмы зарделись красноватые, безлучные звезды; а пока я окинул все это взглядом, внизу, почти у самого корня моего дерева, произошла какая-то свалка: рванье, стон, опять потасовка, и опять стон, и вот опять во тьме мелькнули вроссыпь стрелы, и сразу все стихло, как будто ничего и не бывало. Настала такая невозмутимая тишина, что я слышал и свой собственный пульс внутри себя и свое дыхание: оно как-то шумит, как сено, а если сильно вздохнуть, то точно электрическая искра тихо пощелкивает в невыносимо разреженном морозном воздухе, таком сухом и таком холодном, что даже мои волосы на бороде насквозь промерзли, кололись, как проволоки, и ломались; я даже сейчас чувствую озноб при этом воспоминании, которому всегда помогают мои с той поры испорченные ноги. Внизу, может быть, было немножко теплее, а может быть, и нет; но я во всяком случае не верил, что нашествие хищников там не повторится, и решил до утра не сходить с дерева. Это было не страшнее, чем закопаться под снегом с моим зловонным товарищем, да и вообще что уже могло быть страшнее всего моего теперешнего положения? Я только выбрал поразбросистее разветвление и уселся на нем, как в довольно спокойном кресле, так что если бы даже мне и вздремнулось, то я ни за что не упал бы; а впрочем, для большей безопасности я крепко обхватил один сук руками и завел их обе поглубже за малицу. Позиция была хорошо выбрана и хорошо устроена: я сидел, как примерзлый старый сыч, на которого, вероятно, похож был и с виду. Часы мои давно уже не шли, но отсюда для меня были прекрасно открыты Орион и Плеяды — эти небесные часы, по которым я теперь мог вести счет времени моих мучений. Я этим и занялся: сначала вычислил себе приблизительно данную минуту, а потом так просто, без всякой цели, долго-долго глядел на эти странные звезды на совершенно черном небе, пока они стали слабеть, и из золотых сделались медяными, и, наконец, совсем потемнели и сгасли.

Настало утро, такое же серое и безрадостное. Мои часы,

поставленные мною по расположению Плеяд, показали девять. Голод все ожесточался и мучил меня неимоверно: я уже не чувствовал ни томящего запаха яств и никакого воспоминания о вкусе пищи, а у меня просто была голодная боль: мой пустой желудок сучило и скручивало, как веревку, и причиняло мне мучения невыносимые.

Без всякой надежды найти что-нибудь съестное я спустился с дерева и стал бродить. В одном месте я поднял на снегу еловую шишку. Сначала думал, не кедровая ли и нет ли в ней орешков, но оказалось просто-напросто обыкновенная еловая шишка. Я разломил ее, достал из нее зернышко и проглотил, но смолистый запах был так противен, что и пустой желудок не принял этого зерна, и оттого боли мои только усилились. В это время я заметил, что около наших брошенных саней в разных направлениях было множество недавних следов и что наша дохлая собака исчезла. За нею теперь, очевидно, был на очереди мой труп, на который сбежатся те же волки и так же скоро и хищно его между собою разделят. Только когда же это будет? Неужели еще сутки? А ну как еще более? — Нет. Я припомнил себе одного фанатика-запощеванца, который заморил себя голодом во славу Христову; он имел дух отмечать дни своего томления и насчитал их девять... Это ужасно! Но тот голодал в тепле, а я подвергаюсь всему при жестоком холоде, — это, конечно, должно делать большую разницу. Силы мои меня совсем оставили, — я уже не мог согревать себя движением и сел на сани. Даже сознание моей участи меня как будто покинуло: я чувствовал на веках моих тень смерти и томился только тем, что она так медленно уводит меня в путь невозвратный. Вы поймете, что я так искренно желал уйти из этой мерзлой пустыни в сборный дом всех живущих и нимало не сожалел, что здесь, в этой студеной тьме, я постелю постель мою. Цепь мыслей моих порвалась, кувшин разбился, и колесо над колодцем обрушилось: ни мыслей, ни даже обращения к небу в самых привычных формах — нечего, негде и нечем стало почерпнуть. Я это сознал и вздохнул.

Авва, отче! не могу даже изнести тебе покаяния, но ты сам сдвинул светильник мой с места, сам и поручись за меня перед собою!

Это была вся моя молитва, которую я мог собрать в уме моем, и затем ничего не помню, как шел этот день. Всеконечно, с твердостию могу уповать, что он был такой же точно, как и тот, что минул. Казалось мне только, что я в этот день видел будто бы вдали от себя два живые существа, и это будто были две какие-то птицы; они мне казались ростом с сорок и статью похожие на сороку, но с скверным лохматым пером, вроде совиного. Перед самым закатом солнца они слетели откуда-то с дерева на снег, походили и улетели. Но, может быть, мне это только казалось в моих предсмертных галлюцинациях; однако казалось это так живо, что я следил за их полетом и видел, как они где-то вдали скрылись, как будто растаяли. Усталые глаза мои, дойдя до этого места, так на нем и стали, и остолбенели. Но что бы вам думалось? — вдруг я начинаю замечать в этом направлении какую-то странную точку, которой, кажется, здесь прежде не было. Притом же казалось, что она как будто движется, — хоть это было так незаметно, что движение ее скорей можно было отличать внутренним чутьем, а не глазами, но я был уверен, что она движется.

Надежда на спасение заговорила, и все муки мои не в силах были перекричать и заглушить ее; точка все росла и все яснее и яснее определялась на этом удивительно; нежно-розовом фоне. Мираж ли это, столь возможный в сем пустынном месте, при таком капризном освещении, или это действительно что-то живое спешит ко мне, но оно во всяком случае летит прямо на меня, и именно не идет, а летит: я вижу, как оно чертит, наконец различаю фигуру — вижу у нее ноги, — я вижу, как они штрихуют одна за другою и... вслед за тем снова быстро перехожу от радости к отчаянию. Да; это не мираж — я его слишком явно вижу, но зато это и не человек, как и не зверь. Вообще на земле нет во плоти ни одного такого существа, которое походило бы на это волшебное, фантастическое видение, какое на меня надвигало, словно сгущаясь, складываясь, или, как господа спириты говорят ныне, "материализуясь" из игривых тонов мерзлой атмосферы. Или меня обманывает мой глаз и мое воображение, или кто что ни говори, а это дух. Какой? Кто ты? Неужто это мой отец Кириак спешит мне навстречу из царства мертвых... А может быть, мы оба уже там?.. неужто я уже и кончил переход? Как хорошо! как любопытен этот дух, этот мой новый согражданин в новой жизни! Опишу его вам как умею: ко мне плыла крылатая гигантская фигура, которая вся с головы до пят была облечена в хитон серебряной парчи и вся искрилась; на голове огромнейший, казалось, чуть ли не в сажень вышины, убор, который горел, как будто весь сплошь усыпан был бриллиантами или точно это цельная бриллиантовая митра... Все это точно у богато убранного индийского идола, и, в довершение сего сходства с идолом и с фантастическим его явлением, из-под ног моего дивного гостя брызжут искры серебристой пыли, по которой он точно несется на легком облаке, по меньшей мере как сказочный Гермес.

И вот, пока я его рассматривал, он, этот удивительный дух, все ближе, ближе, и — вот, наконец, совсем близко, и еще момент, и он, обрызгав всего меня снежной пылью, воткнул передо мною свой волшебный жезл и воскликнул:

— Здравствуй, бачка!

Я не верил ни своим глазам, ни своему слуху: удивительный дух этот был, конечно, он — мой дикарь! Теперь в этом нельзя было более ошибаться: вот под ногами его те же самые лыжи, на которых он убежал, за плечами другие; передо мною воткнут в снег его орстель, а на руках у него целая медвежья ляжка, совсем и с шерстью и со всей когтистой лапой. Но во что он убран, во что он преобразился?

Не дождав с моей стороны никакого ответа на свое приветствие, он сунул мне к лицу эту медвежатину и, промычав:

— Лопай, бачка! — сам сел на сани и начал снимать с своих ног лыжи.

ГЛАВА ОДИННАДЦАТАЯ

Я припал к окороку, и грыз и сосал сырое мясо, стараясь утолить терзавший меня голод, и в то же время смотрел на моего избавителя.

Что это такое было у него на голове, которая оставалась все в том же дивном, блестящем, высоком уборе, — никак я этого не мог разобрать, и говорю:

— Послушай, что это у тебя на голове?

— А это, — отвечает, — то, что ты мне денег не дал.

Признаюсь, я не совсем понял, что он мне этим хотел сказать, но всматриваюсь в него внимательнее — и открываю, что этот его высокий бриллиантовый головной убор есть не что иное, как его же собственные длинные волосы: все их пропушило насквозь снежною пылью, и как они у него на бегу развевались, так их снопом и заморозило.

— А где же твой треух?

— Кинул.

— Для чего?

— А что ты мне денег не дал.

— Ну, — говорю, — я тебе, точно, забыл денег дать, — это я дурно сделал, но какой же жестокий человек этот хозяин, который тебе не поверил и в такую стыдь с тебя шапку снял.

— С меня шапки никто не снимал.

— А как же это было?

— Я ее сам кинул.

И рассказал мне, что он по приметке весь день бежал, юрту нашел — в юрте медведь лежит, а хозяев дома нет.

— Ну?

— Думал, тебе долго ждать, бачка, — ты издохнешь.

— Ну?

— Я медведь рубил, и лапу взял, и назад бежал, а ему шапку клал.

— Зачем?

— Чтобы он дурно, бачка, не думал.

— Да ведь тебя этот хозяин не знает.

— Этот, бачка, не знает, а другой знает.

— Который другой?

— А тот хозяин, который сверху смотрит.

— Гм! Который сверху смотрит?..

— Да, бачка, как же: ведь он, бачка, все видит.

— Видит, братец, видит.

— Как же, бачка? Он, бачка, не любит, кто худо сделал.

Рассуждение весьма близкое к тому, какое высказал св. Сирин соблазнявшей его прелестнице, которая манила его к себе в дом, а он приглашал ее согрешить всенародно на площади; та говорит: "Там нельзя; там люди увидят", а он говорит: "Я на людей-то не очень бы посмотрел, а вот как бы нас бог не увидал? Давай-ка лучше разойдемся".

"Ну, брат, — подумал я, — однако и ты от царства небесного недалеко ходишь"; а он во время сей краткой моей думы кувыркнулся в снег.

— Прощай, — говорит, — бачка, ты лопай, а я спать хочу.

И засопел своим могучим обычаем.

Это уже было темно; над нами опять разостлалось черное небо, и по нем, как искры по смоле, засверкали безлучные звезды.

Я тогда уже немножко препитался, то есть проглотил несколько кусочков сырого мяса, и стоял с медвежьим окороком на руках над спящим дикарем и вопрошал себя:

"Что за загадочное странствие совершает этот чистый, высокий дух в этом неуклюжем теле и в этой ужасной пустыне?

Зачем он воплощен здесь, а не в странах, благословенных природою? Для чего ум его так скуден, что не может открыть ему творца в более пространном и ясном понятии? Для чего, о боже, лишен он возможности благодарить тебя за просвещение его светом твоего Евангелия? Для чего в руке моей нет средств, чтобы возродить его новым торжественным рождением с усыновлением тебе Христом твоим? Должна же быть на все это воля твоя; если ты, в сем печальном его состоянии, вразумляешь его каким-то дивным светом свыше, то я верю, что сей свет ума его есть дар твой! Владыко мой, како уразумею: что сотворю, да не прогневлю тебя и не оскорблю сего моего искреннего?"

И в этом раздумье не заметил я, как небо вдруг вспыхнуло, загорелось и облило нас волшебным светом: все приняло опять огромные, фантастические размеры, и мой спящий избавитель представлялся мне очарованным могучим сказочным богатырем. Я пригнулся к нему и стал его рассматривать, словно никогда его до сей поры не видел, и что я скажу вам? — он мне показался прекрасен. Мнилось мне, что это был тот, на чьей шее обитает сила; тот, чья смертная нога идет в путь, которого не знают хищные птицы; тот, перед кем бежит ужас, сокративший меня до бессилия и уловивший меня, как в петлю, в мой собственный замысл. Скудно слово его, но зато он не может утешать скорбное сердце движением губ, а слово его — это искра в движении его сердца. Как красноречива его добродетель, и кто решится огорчить его?.. Во всяком разе не я. Нет, жив господь, огорчивший ради его душу мою, это буду не я. Пусть плечо мое отпадет от спины моей и рука моя отломится от моего локтя, если я подниму ее на сего бедняка и на бедный род его! Прости меня, блаженный Августин, а я и тогда разномыслил с тобою и сейчас с тобою не согласен, что будто "самые добродетели языческие суть только скрытые пороки". Нет; сей, спасший жизнь мою, сделал это не по чему иному, как по добродетели, самоотверженному состраданию и благородству; он, не зная апостольского завета Петра, "мужался ради меня (своего недруга) и предавал душу свою в благотворение". Он покинул свой треух и бежал сутки в ледяной шапке, конечно, движимый не одним естественным чувством сострадания ко мне, а имея также religio, — дорожа воссоединением с тем хозяином, "который сверху смотрит". Что же я с ним сотворю теперь? возьму ли я у него эту религию и разобью ее, когда другой, лучшей и сладостнейшей, я лишен возможности дать ему, доколе "слова путают смысл смертного", а дел, для пленения его, показать невозможно? Неужто я стану

125

страхом его нудить или выгодою защиты обольщать? Никогда, да не будет он как Еммор и Сихем, обрезавшиеся ради дочерей и скотов Иаковлевых! Скотов и дочерей верою приобретающие — не веру, а дочерей и скотов только приобрящут, и семидал от рук их будет тебе яко же и кровь свиная. А где же мои средства его воспитать, его просветить, когда нет их, этих средств, и все как бы нарочито так устроено, чтобы им не быть в моих руках? Нет; верно, прав мой Кириак: здесь печать, которой несвободною рукой не распечатаешь, — и благ мне по мысли пришел совет Аввакума пророка: "Аще умедлит, потерпи ему, яко идый приидет и не умедлит". Ей, гряди, Христос, ей, гряди сам в сие сердце чистое, в сию душу смирную; а доколе медлишь, доколе не изволишь сего... пусть милы ему будут эти снежные глыбы его долин, пусть в свой день он скончается, сброся жизнь, как лоза — дозревшую ягоду, как дикая маслина — цветок свой... Не мне ставить в колоды ноги его и преследовать его стези, когда сам Сый написал перстом своим закон любви в сердце его и отвел его в сторону от дел гнева. Авва, отче, сообщай себя любящему тебя, а не испытующему, и пребудь благословен до века таким, каким ты по благости своей дозволил и мне, и ему, и каждому по-своему постигать волю твою. Нет больше смятения в сердце моем: верю, что ты открыл ему себя, сколько ему надо, и он знает тебя, как и все тебя знает:

Largior hic campos aether et lumine vestit
Purpureo, solemque suum, sua sidera norunt![21] —

подсказал моей памяти старый Виргилий, — и я поклонился у изголовья моего дикаря лицом донизу, и, став на колени, благословил его, и, покрыв его мерзлую голову своею полою, спал с ним рядом так, как бы я спал, обнявшись с пустынным ангелом.

---

[21] Пышнее здесь эфир одевает пространства в убранство пурпурного света, и познают люди здешние солнце свое и звезды свои! — лат.

ГЛАВА ДВЕНАДЦАТАЯ

Досказывать ли вам конец? Он не мудренее начала.

Когда мы проснулись, дикарь подладил под меня принесенные им лыжи, вырубил мне шест, всунул в руки и научил, как его держать; потом подпоясал меня веревкою, взял ее за конец и поволок за собою.

Спросите: куда? — Прежде всего за медвежатину долг платить. Там мы надеялись взять собак и ехать далее; но поехали не туда, куда вначале влекла меня моя неопытная затея. В дымной юрте нашего кредитора ждало меня еще одно поучение, имевшее весьма решительное значение на всю мою последующую деятельность. В том было дело, что хозяин, которому мой дикарь шапку покинул, совсем не на охоту в то время ходил, когда прибегал мой избавитель, а он выручал моего Кириака, которого обрел брошенного его крещеным проводником среди пустыни. Да, господа, тут в юрте, близ тусклого вонючего огня, я нашел моего честного старца, и в каком ужасном, сердце сжимающем положении! Он весь обмерз; его чем-то смазали, и он еще жив был, но ужасный запах, который обдал меня при приближении к нему, сказал мне, что дух, стерегший дом сей, отходит. Я поднял покрывавшую его оленью шкуру и ужаснулся: гангрена отделила все мясо его ног от кости, но он еще смотрел и говорил. Узнав меня, он прошептал:

— Здравствуй, владыко!

В несказанном ужасе я глядел на него и не находил слов.

— Я ждал тебя, вот ты и пришел; ну, слава богу. Видел степь? Какова показалась?.. Ничего — жив будешь, опыт иметь будешь.

— Прости, — говорю, — меня, отец Кириак, что я тебя сюда завел.

— Полно, владыко. Благословен будь приход твой сюда; опыт получил, и живи, а меня скорей исповедуй.

— Хорошо, — говорю, — сейчас; где же у тебя святые дары, — они ведь с тобой были?

— Со мной были, — отвечает, — да нет их.

— Где же они?

— Их дикарь съел.

— Что ты говоришь!

— Да!.. съел! Ну, что говорить, — темный человек... спутан

127

ум... Не мог его удержать... говорит: "Попа встречу — он меня простит". Что говорить?.. все спутал...

— Неужто же, — говорю, — он и миро съел!

— Все съел, и губочку съел, и дароносицу унес, и меня бросил... верит, что "поп простит"... Что говорить?.. спутан ум... простим ему это, владыко, — пусть только нас Христос простит. Дай слово мне не искать его, бедного, или... если отыщешь его...

— Простить?

— Да; Христа ради прости и... как приедешь домой, гляди, вражкам ничего о нем не сказывай, а то они, лукавые, пожалуй, над бедняком-то свою ревность покажут. Пожалуйста, не сказывай.

Я дал слово и, опустясь возле умирающего на колени, стал его исповедовать; а в это самое время в полную людей юрту вскочила пестрая шаманка, заколотила в свой бубен; ей пошли подражать на деревянном камертоне и еще на каком-то непонятном инструменте, типа того времени, когда племена и народы, по гласу трубы и всякого рода муссикии, повергались ниц перед истуканом деирского поля, — и началось дикое торжество.

Это моление шло за нас и за наше избавление, когда им, может быть, лучше было бы молиться за свое от нас избавление, и я, архиерей, присутствовал при этом молении, а отец Кириак отдавал при нем свой дух богу и не то молился, не то судился с ним, как Иеремия пророк, или договаривался, как истинный свинопас евангельский, не словами, а какими-то воздыханиями неизглаголанными.

— Умилосердись, — шептал он. — Прими меня теперь как одного из наемников твоих! Настал час... возврати мне мой прежний образ и наследие... не дай мне быть злым дьяволом в аде; потопи грехи мои в крови Иисуса, пошли меня к нему!.. хочу быть прахом у ног его... Изреки: "Да будет так"...

Перевел дух и опять зовет:

— О доброта... о простота... о любовь!.. о радость моя!.. Иисусе!.. вот я бегу к тебе, как Никодим, ночью; вари ко мне, открой дверь... дай мне слышать бога, ходящего и глаголющего!.. Вот... риза твоя уже в руках моих... сокруши стегно мое... но я не отпущу тебя... доколе не благословишь со мной всех.

Люблю эту русскую молитву, как она еще в двенадцатом веке вылилась у нашего Златоуста, Кирилла в Турове, которою он и нам завещал "не токмо за свои молитися, но и за чужия, и не за единыя христианы, но и за иноверныя, да быша ся обратили к богу". Милый старик мой Кириак так и молился —

за всех дерзал: "всех, — говорит, — благослови, а то не отпущу тебя!" Что с таким чудаком поделаешь?

С сими словами потянулся он — точно поволокся за Христовою ризою, — и улетел... Так мне и до сих пор представляется, что он все держится, висит и носится за ним, прося: "благослови всех, а то не отстану". Дерзкий старичок этот своего, пожалуй, допросится; а тот по доброте своей ему не откажет. У нас ведь это все in sancta simplicitate[22] семейно со Христом делается. Понимаем мы его или нет, об этом толкуйте как знаете, но а что мы живем с ним запросто — это-то уже очень кажется неоспоримо. А он попросту сильно любит...

ГЛАВА ТРИНАДЦАТАЯ

Я схоронил Кириака под глыбой земли на берегу замерзшего ручья и тут же узнал от дикарей гнусную новость, что мой успешный зырянин крестил... стыдно сказать — с угощением, попросту — с водочкой. Стыдом это в моих глазах все это дело покрыло, и не захотел я этого крестителя видеть и слышать о нем, а повернул назад к городу с решимостью сесть в своем монастыре за книги, без коих монаху в праздномыслии — смертная гибель, а в промежутках времени смирно стричь ставленников, да дьячих с мужьями мирить; но за святое дело, которое всвяте совершать нельзя кое-как, лучше совсем не трогаться — "не давать безумия богу".

Так я и сделал — и вернулся в монастырь умудренный опытом, что многострадальные миссионеры мои люди добрые и слава богу, что они такие, а не иные.

Теперь я ясно видел, что добрая слабость простительнее ревности не по разуму — в том деле, где нет средства приложить ревность разумную. А что таковая невозможна — в этом убеждала меня дожидавшаяся меня в монастыре бумага, в коей мне сообщалось "к сведению", что в Сибири, кроме пятисот восьмидесяти буддийских лам, состоящих в штате при тридцати четырех кумирнях, допускаются еще ламы сверхштатные. Что же? ведь я не Канюшкевич или не Арсений

---

[22] В святой простоте (лат.).

Мациевич, — я епископ школы новой и с кляпом во рту в Ревеле сидеть не хочу, как Арсений сидел, да от этого и проку нет... Я принял известие об усилении лам "к сведению" и только вытребовал, как мог поскорее, к себе назад из степей зырянина и, навесив ему за успехи набедренник, яко меч духовный, оставил его в городе при соборе ризничим и наблюдателем за перезолоткою иконостаса; а своих лениньких миссионеров собрал да, в пояс им поклонясь, сказал:

— Простите меня, отцы и братия, что вашу доброту не понимал.

— Бог, — говорят, — простит.

— Ну, мол, спасибо, что вы милостивы, и будьте отныне везде и всегда паче всего милостивы, и бог милосердия будет на делах ваших.

И с тех пор во все мое остальное, довольно продолжительное пребывание в Сибири я никогда не смущался, если тихий труд моих проповедников не давал столь любимых великосветскими религиозными нетерпеливцами эффектных результатов. Когда не было таких эффектов, я был покоен, что "водоносы по очереди наполняются"; но когда случайно у того или у другого из миссионеров являлась вдруг большая цифра... я, признаюсь вам, чувствовал себя тревожно... Мне припоминался то мой зырянин, то оный гвардейский креститель Ушаков либо советник Ярцев, которые были еще благопоспешнее, понеже у них, якоже и во дни Владимира, "благочестие со страхом бе сопряжено", и инородцы у них, еще до приезда миссионеров, уже просили крещения... Да только что же из всей их этой борзости и "благочестия со страхом сопряженного" вышло? — Мерзость запустения стала по святым местам, где были купели сих борзых крестильников, и... в этом путалось все — и ум, и сердце, и понятия людей, и я, худой архиерей, не мог с этим ничего сделать, да и хороший ничего не сделает, пока... пока, так сказать, мы всерьез станем заниматься верою, а не кичиться ею фарисейски, для блезира. Вот, господа, в каком положении бываем мы, русские крестители, и не оттого, чай, что не понимаем Христа, а именно оттого, что мы его понимаем и не хотим, чтобы имя его хулилось во языцех. И так я и жил уже, не лютуя с прежнею прытью, а терпеливо и даже, может быть, леностно влача кресты, от Христа и не от Христа на меня ниспадавшие, из коих замечательнейшим был тот, что я, ревностно принявшись за изучение буддизма, сам рачением моего зырянина прослыл за потаенного буддиста... Так это при мне и осталось, хотя я, впрочем, ревность своего зырянина не стеснял и предоставлял ему орудовать испытанными, по своей верности, приемами князя Андрея Боголюбского, о коих выкликал над его гробом Кузьма-домочадец: "придет, дескать, бывало, язычник, ты велишь его весть в ризницу, — пусть смотрит на наше истинное христианство". И я зырянину предоставил кого он хочет водить в ризницу и все собранное там от нашего с ним "истинного христианства" со тщанием показывать... И было все это хорошо и довольно действенно; наше "истинное христианство" одобряли, но только, разумеется, может быть моему зырянину казалось скучно по два да по три человека крестить, да и впрямь оно скучно. Вот и до настоящего русского слова договорился: "скучно"! Скучно, господа, тогда было бороться с самодовольным невежеством, терпевшим веру только как политическое средство; зато теперь, может быть, еще скучнее бороться с равнодушием тех, которые, заместо того чтобы другим светить, по удачному выражению того же Мациевича, "сами насилу веруют..." А вы ведь, современные умные люди, все думаете: "Эх, плохи наши епархиальные архиереи! Что они делают? Ничего они, наши архиереи, не делают". Не хочу за всех заступаться, многие из нас действительно очень немощны стали: под крестами спотыкаются, падают и уже не то, что кто-нибудь — заправский воротила, а даже иной popa mitratus[23] для них в своем роде владыкой становится, и все это, разумеется, из того, "что ми хощете дати", но а спросил бы я вас: что их до этого довело? Не то ли именно, что они, ваши епархиальные архиереи, обращены в администраторов и ничего живого не могут теперь делать? И знаете: вы, может быть, большою благодарностию им обязаны, что они в эту пору ничего не делают. А то они скрутили бы вам клейменым ремнем такие бремена неудобоносимые, что бог весть, расселся ли бы хребет вдребезги или разлетелся бы ремень пополам; но мы ведь консерваторы: бережем, как можем, "свободу, ею же Христос нас свободи", от таковых "содействий"... Вот, господа, почему мы слабо действуем и содействуем. Не колите же нам глаз бывшими иерархами, как св. Гурий и другие. Св. Гурий умел просвещать — это правда; да ведь он для того и ехал-то в дикий край хорошо оснаряжен: с наказом и с правом "привлекать народ ласкою, кормами, заступлением перед властями, печалованием за вины перед воеводами и судьями"; "он обязан был" участвовать с правителями в совете; а ваш сегодняшний

---

[23] Митрофорный священник (лат.) — то есть священник, награжденный митрой.

архиерей даже с своим соседом архиереем не волен о делах посовещаться; ему словно ни о чем не надо думать: за него есть кому думать, а он обязан только все принять "к сведению". Чего же вы от него хотите, если ему ныне самому за себя уже негде стало печаловаться?.. Эх, твори, господи, волю свою... Что может еще делаться, то как-то пока само делается, и я это видел под конец моего пастырства в Сибири. Приезжает раз ко мне один миссионер и говорит, что он напал на кочевье в том месте, где я зарыл моего Кириака, и там, у ручья, целую толпу окрестил в "Кириакова бога", как крестился некогда человек во имя "бога Иустинова". Добрый народ у костей доброго старца возлюбил и понял бога, сотворившего сего добряка, и сам захотел служить богу, создавшему такое душевное "изящество".

Я за это велел Кириаку такой здоровый дубовый крест поставить, что от него не отрекся бы и галицкий князь Владимирко, вменявший ни во что целование креста малого; воздвигли мы Кириаку крест вдвое больше всего зырянина, — и это было самое последнее мое распоряжение по сибирской пастве.

Не знаю, кто этот крест срубит или уже до сих пор и срубил его: буддийские ли ламы или русские чиновники, — да, впрочем, это все равно...

Вот вам рассказ мой и кончен. Судите всех нас, в чем видите, — оправдываться не стану, а одно скажу, что мой простой Кириак понимал Христа, наверно, не хуже тех наших заезжих проповедников, которые бряцают, как кимвал звенящий, в ваших гостиных и ваших зимних садах. Там им и присутствовать, среди жен Лотовых, из коих каждая, каких бы словес ни наслушалась, в Сигор не уйдет, а, пофинтив перед богом, доколе у нас очень скученько живется, при малейшем изменении в жизни опять к своему Содому обернется и столбом станет. Вот в чем и будет заключаться весь успех этой салонной христовщины. Что нам до этих чудодеев? Они хотят не понизу идти, а поверху летать, но, имея, как прузи, крыльца малые, а чревища великие, далеко не залетят и не прольют ни света веры, ни услады утешения в туманы нашей родины, где в дебрь из дебри ходит наш Христос — благий и добрый и, главное, до того терпеливый, что даже всякого самого плохенького из слуг своих он научил с покорностью смотреть, как разоряют его дело те, которые должны бы сугубо этого бояться. Мы ко всему притерпелися, потому что нам уже это не первый снег на головы. Было и то, что наш "Камень веры" прятали, а "Молот" на него немецкого изделия всем в руки совали, и стричь-то и брить-то нас хотели, и в аббатиков переделать желали. Один благодетель, Голицын, нам свое юродское богословие указывал проповедовать; другой, Протасов, нам своим пальцем под самым носом грозил; а третий, Чебышев, уже всех превзошел и на гостином дворе, как и в синоде, открыто "гнилые слова" изрыгал, уверяя всех, что "бога нет и говорить о нем глупо"... А кого еще вперед сретать будем и что нам тот или другой новый петух запоет, про то и гадать нельзя. Одно утешение, что все они, эти радетели церкви русской, ничего ей не сделают, потому что не равна их борьба: церковь неразорима, как здание апостольское, а в сих певнях дух пройдет, и не познают они места своего. Но вот что, господа, мне кажется крайне бестактно, — это то, что иные из этих, как их ныне стали звать, лица высокопоставленные, или широкорасставленные, нашей скромности не замечают и ее не ценят. Это, поистине скажу, неблагодарно: им бы не резон нарекать на нас, что мы терпеливы да смирны... Будь мы понетерпеливее, так, бог весть, не стали бы сожалеть об этом очень многие, и больше всех те, иже в трудех не суть и с человеки ран не приемлют, а, обложив туком свои лядвии, праздно умствуют, во что бы им начать верить, чтобы было только о чем-нибудь умствовать. Поцените же вы, господа, хоть святую скромность православия и поймите, что верно оно дух Христов содержит, если терпит все, что богу терпеть угодно. Право, одно его смирение похвалы стоит; а живучести его надо подивиться и за нее бога прославить.

Мы все без уговора невольно отвечали:

— Аминь.